KIM CONNAÎT L'HISTOIRE DES HÉROS, MAIS EN VÉRITÉ, KIM NE CONNAÎT PAS L'HISTOIRE.

MÉMOIRE D'ENCRIER

1260, RUE BÉLANGER – BUREAU 201
MONTRÉAL, QUÉBEC H2S 1H9
INFO@MEMOIREDENCRIER.COM
MEMOIREDENCRIER.COM

MON CŒUR BAT VITE

Édith ne comprend pas pourquoi Kim est devenu un meurtrier. Guidée par ses ancêtres, Édith retrace les blessures qui ont amené son frère à venger les femmes de la lignée. Nadia Chonville écrit le roman des Antilles avec *Mon cœur bat vite*: une écriture audacieuse creusant tour à tour le merveilleux, le carnavalesque et le contemporain. Remuant temps, rythmes et visages, Nadia Chonville pose un regard neuf et engagé sur la Martinique d'aujourd'hui.
Mon cœur bat vite dit l'île, l'histoire, la colère et la folie.

Née en 1989, **NADIA CHONVILLE** est une autrice martiniquaise. Elle choisit le fantastique pour questionner les identités et les crises des sociétés afrodescendantes. Elle enseigne l'histoire et la géographie au lycée Victor Schoelcher et à l'Université des Antilles. Romancière, Nadia Chonville, après Aimé Césaire, Édouard Glissant, Simone Schwarz-Bart, Maryse Condé et Patrick Chamoiseau, fait partie de la nouvelle génération d'écrivains antillais. Elle vit en Martinique.

NADIA CHONVILLE

MON CŒUR BAT VITE

Pour Afef.

L'ORANGERAIE

Dans l'ombre qui s'éclaire ou s'épaissit,
Dans l'arbre qui frémit, dans le bois qui gémit,
Et dans l'eau qui coule et dans l'eau qui dort,
Des souffles plus forts qui ont pris
Le souffle des morts qui ne sont pas morts,
Des morts qui ne sont pas partis,
Des morts qui ne sont plus sous la Terre.

Écoute plus souvent
Les choses que les êtres
La voix du feu s'entend,
Entends la voix de l'eau.
Écoute dans le vent
Le buisson en sanglots,
C'est le souffle des ancêtres.

« Les Souffles », Birago Diop

POUR PERDRE LA MÉMOIRE

D'abord, Kim caresse la bouteille. Il glisse ses doigts infinis sur le corps droit et anguleux du verre trempé, où l'or brut gît. Ses yeux noirs transpercent les profondeurs liquides et enlèvent aux anges la part dérobée. Du pouce, il saute le bouchon. Sa main fermement saisit ce corps et fait glisser ses eaux incandescentes dans un verre froid. Alors la cascade de soleil emporte dans son lit la douleur de Kim, sa fièvre, son cœur en dérive, et dans la musique chatouilleuse de l'alcool sur la glace s'abîme le reflet de son souvenir. Il respire, et une heure s'étire entre ses narines sans oser ni parler ni soupirer. Restent juste la clameur ciselée du temps qui passe et les commandements que le rhum glisse à son oreille.

L'alcool lui dit : fais-moi danser, Kim. Berce-moi dans le creux généreux de tes paumes. Fais vibrer sur mes eaux tes lèvres brunes et charnues, tes narines saillantes, et ferme les yeux. Kim abaisse ses paupières et l'alcool lui dit : grimpons ensemble sur la cime de tes errances. Je te ramènerai aux flancs du morne vert où tout a commencé. Nous réveillerons le silence que tu as enterré là. Partons creuser ensemble les hauteurs du morne qui domine la mer et l'océan. Plonge tes mains là, dans la terre des tiennes, là où l'odeur moite du sang répandu dans l'humus étire en longs soupirs les cris des martyrs.

Le verre de Kim est vide, mais le rhum lui parle encore, et la nuit de Kim murmure ainsi en mélancolie sans lui souffler jamais d'à nouveau remplir ce verre.

Peu. C'est comme ça qu'il a toujours bu, mon frère, avec en bande-son les voix des bonnes femmes qui nous ont seriné la bonne conduite depuis le berceau. Elles portaient le monde entier sur leurs têtes couronnées de *manman*, et pourtant leurs mots ne chawayaient que le goût du sacrifice et de l'attente. Et c'était ça, leur projet pour les gamines comme nous. Kim et moi, on les tétait, leurs paroles de saintes: nous étions des petites filles très obéissantes. Maman en tirait une grande fierté devant toute la société. C'est le moins qu'on puisse attendre d'une fille, qu'elle obéisse. *Sé sa yo di,* et moi dans mes livres, et Kim dans sa rêverie permanente, on n'était pas cireuses, on ne faisait pas de caprices. La seule inquiétude des fureurs de Maman éteignait notre audace et Kim, en secret, de ce que je sais, espérait obtenir récompense un jour de son bon tempérament. Quand la maison dormait, Kim se levait, posait les genoux devant son lit et priait une liste assez disparate de saints et de loas qu'on le reconnaisse en grandissant comme l'homme qu'il était vraiment. Dans l'attente fébrile, comme une humble pénitence, Kim ne réclamait jamais plus que ce qu'on lui servait. Il tuait dans son ventre son désir de bisser les plats en sauce et de racler les restes de pâte à gâteau. Et quand

Maman couvrait cette fille sage de baisers et de sourires, Kim se pliait au mensonge pour lui plaire et mériter ainsi le corps qu'il voyait quand il fermait les yeux.

De ses années d'ascèse, Kim a gardé une mesure alcoolique légendaire. Il n'a jamais été saoul. Il n'a jamais perdu la raison. Mais pas cette nuit-là. Cette nuit-là, Kim nargue l'enfant enterré dans sa mémoire et meurt dans un verre d'alcool. Il boit, il boit trop. Il offre sa tête aux makrèl embusquées qui semblaient faire profession dans le quartier de fabriquer des filles à coup de fanfreluches, d'interdits et de grammaire française. Kim boit. Sur le bar d'un rhumier de Foyal, il fait sautiller son verre, il n'y voit plus clair, il chante en titubant sur un tabouret et offre les courbes allongées de ses membres aux frissons de ses voisins de transe.

Et quand au cœur de la nuit tropicale il se lève de l'ivresse et frappe le trottoir, il marche, se perd, et noie son œil saoul dans le fer de la lune. Mais voilà : il n'a pas assez bu pour oublier le regard de celui qu'il a tué.

C'est ainsi, j'imagine, que mon frère a vécu ses dernières heures de liberté. C'est ainsi, dans le verre de trop, qu'il a tenté de disparaître il y a cinq ans. La drogue éthylique a mangé ses muscles, dissous son armure, mais pas son crime. Et quand la police l'a trouvé et lui a mis les fers, à mon frère, il n'avait plus l'échine droite du guerrier. Il n'y avait pas de grandeur dans son dernier regard. Il était seulement un garçon égaré, perdu dans ses propres certitudes, m'implorant en sanglots étouffés de lui pardonner.

Je ne lui ai rien pardonné.

Demain débutera le procès de Kim, pour assassinat. Kim refuse de plaider coupable. Pour survivre, je crois, il s'est persuadé d'être un héros. Pourtant, ce n'est pas un acte exceptionnel qui l'a jeté en prison. Tuer, ce n'est pas très difficile. C'est un geste comme un autre. On égorge chaque jour des millions de bêtes à nourrir des barbecues où personne ne sait distinguer l'agneau du bœuf et la dinde du poulet. Chaque année à Pâques on massacre au couteau sur la plage des hordes de crabes pour le plaisir de suçoter de la sauce colombo coulée dans leur carapace. Et à Noël, qui sait désormais sur quel continent sont morts les porcs qu'on immolait auparavant dans la cour? Nous sommes des carnivores. Tuer est un geste simple que nous ne pensons plus. C'est l'instant d'après, la terreur. Le silence, étourdissant, quand l'âme s'échappe et vous traverse le corps. Le silence, intense, dans le corps de l'assassin qui renaît à lui-même. Le silence d'un cœur qui ne bat plus, d'un cœur où l'amour en un instant facile est devenu un pays étranger.

Je pourrais tuer moi aussi. Je pourrais tuer mon frère. Je pourrais tuer l'assassin qui m'a volé mes soleils, mon sommeil, ma mémoire et mon sang. Je pourrais le tuer et devenir moi aussi un monstre de silence. Mais ma vie ne serait plus qu'une longue inquiétude.

J'ai longtemps hésité à venir ici. J'ai longtemps hésité à affronter ce souvenir, parce que je voulais y survivre. C'était plus facile de laisser s'installer l'oubli et personne, non, personne ne devrait avoir le droit de me dicter l'heure et le lieu de ma colère. Mais demain ne me laisse plus le choix. Il faudra bien qu'à la barre je raconte ce jour sanglant comme si je l'avais vécu. Il faudra bien que je réponde aux questions que tout le monde se pose. Il faudra bien qu'enfin je laisse éclater ma colère.

Alors me voilà, maintenant, dans cette case, seule et résignée. Cinq années d'enquête et d'instruction ont couvert le carrelage d'un duvet poudreux. Mes pieds nus y laissent des empreintes. La poussière soulevée fait dans l'air des volutes où s'amusent les derniers rayons du soleil. Je pourrais m'attarder à regarder s'étaler la nuit sur ce séjour suspendu, et attendre encore. Mais ma peau me gratte maintenant, elle fourmille d'impatience, impatiente de plonger dans le sol de cette case, de fondre dans ses cloisons. Mon corps est prêt à traverser, et moi aussi je suis prête.

Pour revoir cette longue journée où tout a basculé, j'ai peint sur le mur du salon un dessin de mon ancêtre Ayo. C'est un ancien vévé. Il trace les rebords du monde des morts et les contours du monde des vivants. J'ai coulé l'encre de mon propre sang dans de la poudre de fèves pour peindre ce signe sur les murs de cette maison suppliciée, et me voici, Souffles, devant votre porte. Je suis Édith. J'ai hérité de mes mères la protection d'Oshun et du volcan Hairun. Accueillez-moi maintenant sur le seuil du monde. Je suis Édith, l'héritière de la prêtresse Ayo. Je suis assez puissante, et je n'ai peur de rien. Aucune blessure ne peut tuer une femme deux fois déjà morte. Laissez-moi pénétrer ce mur et ses secrets. Je veux savoir ce qu'il s'est passé ici, dans cette case. Je veux savoir chaque mot chaque geste chaque sentiment que mon frère, il y a cinq ans, a sué sous ce toit. Je veux savoir pourquoi il a tué mon enfant.

POUR VENGER LE PORTE-GREFFE

C'est une case.

C'est une case agrippée à un morne verdoyant dans le royaume où, la nuit, les grenouilles chantent leur propre épopée.

C'est une case. C'est toujours une case même quand les tuiles d'argile ont remplacé la tôle, et même quand du marbre rose sur les tables basses lisse la rocaille humaine. C'est une case. Parce qu'un Nègre est né là pour y mourir, c'est une case de terre tassée où la cuisine ne chauffe que pour lui donner la pitance suffisante pour le faire travailler. C'est une case de petit bourgeois qui se croit un peu riche parce qu'il a payé une Audi à crédit. C'est une case, une case rouge orangé posée au bord du bitume, avec portail électrique, piscine et jardin potager. Une case honnête. Écolo. L'eau chauffe au solaire. Elle est traitée bouffée par des bactéries gloutonnes qui mangent la merde du Nègre et en font un limon fertile. Serrée au flanc d'un morne sage, c'est une case aux Antilles couverte par les branches menaçantes d'un vieux fromager où trois Négresses sont restées pendues deux mois pour l'exemple il y a bien longtemps. C'est là que Kim, traîné au bord du fossé par une colère liquide, s'est réfugié il y a cinq ans, en une claire nuit d'avril.

Fondue dans le mur, je ne suis plus qu'une vapeur de sens, et je le vois. C'est un beau jeune homme. Son front est lisse et pas un cheveu blanc n'illumine encore ses tresses, mais son dos est courbé par sa cavale. C'est surprenant comme les saouls retrouvent toujours un chemin pour donner asile à leur chagrin. Après une longue marche, Kim a foulé la large terrasse de cette case à l'heure où les étoiles la disputent encore à la rosée, puis il a pénétré le domaine endormi par la porte principale. L'endroit est spacieux, confortable. Ça lui rappelle un peu chez Maman, cette case en bois, égarée. Le carrelage blanc, les grands volets ouverts sur la terrasse arborée le ramènent aux matins où il la regardait se balancer dans l'encadrement. La lumière zébrait la peau de Maman, dont les yeux noirs fixaient vaguement le jardin. C'étaient les mêmes volets rouges, avec des jalousies tellement gondolées qu'on ne se fatigue jamais à essayer de les refermer. Sauf les jours de cyclone. Ici, coincés contre les murs, les meubles d'une ancêtre, des vieilleries massives et sombres, envahissent le salon. Impossible de s'en débarrasser, de ces reliques, là. Impossible de les jeter parce qu'ils sont en bon état. Impossible de les donner parce qu'ils sont trop lourds. Impossible de les brûler: ce bois-là ne brûle pas. « Et tu peux pas les vendre. C'est trop vieux pour être élégant. Pas assez pour être vintage », assène Kim à son otage qui le fixe, assis sur un canapé en cuir vert, le ventre nu, les cheveux défaits par une nuit écourtée, écoutant pétrifié la logorrhée de l'être affamé d'amour qui est entré chez lui à trois heures du matin : « *Ou ka santi an lanvi brilé yo, di mwen,* tu les enflammerais bien ces vieilleries. Ne plus les voir. Ne plus devoir en parler. Avoue-le, on est tous comme ça ici. Je le dirai pas aux fantômes du coin. Je te juge pas. Tout le monde garde ses vieux sans jamais les voir. Le bois ranci des armoires de Maman moi, je ne le mettrai jamais aux ordures. Jamais. Son odeur même, tu sens l'odeur ? Elle est dedans, son âme, son sang. Ça ne se jette pas le sang, ça ne se détache pas. C'est un corps qui ne meurt pas. Ce goût de fer que je sens, là, c'est le sang de ta mère ? C'est ça ? Il est partout. Je la renifle à la trace, il est peint sur les murs. Elle est là, regarde ! Là ! Près de tes classieux volets en mahogany, c'est elle ? C'est elle qui se tient droite comme ça dans l'ombre ? Qui te regarde de haut et qui ne dit rien ? C'est elle ce reflet noir qui trône plus haut que toi ? C'est une reine, ta mère. Elle tient son trône d'une main ferme. L'usure là, sur mon accoudoir, ce sont ses ongles qui l'ont marqué, c'est sûr. Et ses doigts l'ont lustré, et le bois est toujours là. Et elle aussi. Ah, je sais ces choses-là, moi. Je sens sa présence à ta mère quand je pousse et que je me balance. On n'en fait plus des berceuses comme ça, hein. Chez Habitat t'achètes la même, cinq cents balles, dans un an elle branle, dans deux ans tu la jettes. Je vais rester là. Près de ta fenêtre. Avec ta mère. Tu permets ? Bien sûr que tu permets. »

Les longues jambes de Kim ont couru leur dernier marathon. Elles ne le portent plus. Il s'affaisse dans le siège à bascule et dans un lugubre grincement, il expire tout l'excès que son corps lui gardait pour lui permettre de s'enfuir encore. Le voilà désormais abandonné à un destin qui n'a qu'une destination. Son crime résonne contre les murs, et son œil froid cache mal la panique qui le tient. Kim tangue, perdu, alors que sous les soleils éteints, le sommeil des uns étouffe le cri des autres. L'angoisse rampe comme un *milpat* sur les carreaux. Elle zanzole d'un bout à l'autre du salon et frétille en apercevant le pied nu du criminel sur le sol. Alors la bête immonde et gourmande avance sa liane vers lui sur le grès délavé. Entre ses crocs, le silence. Sur le sol étalé, ce monde gîte à l'étouffée. Le jour s'amène, et l'angoisse mord à la gorge.

Kim se lève d'un geste vif. « Putain, j'ai soif. Je vais prendre de l'eau. Bouge pas Laurent, je t'ai à l'œil. De l'eau en bouteille. Je bois que ça moi. Parce que l'eau du robinet, je fais pas confiance. On peut faire confiance à personne ici. Ah, t'as de l'eau au frais. C'est bien. De l'eau, du citron. Sec. J'ai besoin de rien d'autre jusqu'au petit matin. *Ou ni sitwon, hen*? J'ai vu un citronnier en pot là, sur ta terrasse. Je vais en purger dans mon verre. Je t'en prends une branche, ça t'embête pas ? Ça lui fera pas de mal d'être taillé un peu, pauvre arbre torturé dans son pot. »

Kim pose son verre sur le rebord de la fenêtre et avance sur la terrasse, son couteau ensanglanté à la main. Je ne suis pas seule à le regarder depuis l'entre deux mondes. Une ancêtre est là, qui sort de l'ombre et pose sa main évanescente sur le verre abandonné. Kim fredonne en zigzaguant sur la terrasse une chanson que l'ancêtre reconnaît. C'est une chanson qui parle de chez elle. C'est l'ancêtre qui l'a écrite. Sa silhouette ténébreuse s'étire contre le mur d'en face, et je découvre son visage et son nom. C'est Ayo, la première des nôtres à avoir foulé le sol de la Martinique, en 1812. Je la reconnais, oui, comment pourrais-je oublier ce visage rond et fier qui me hante depuis cinq carêmes? Ses longs yeux tendus sur son descendant, le spectre d'Ayo saisit le portant du volet de ses mains charbonneuses, observe Kim sur la terrasse fouiller maladroitement les branches d'un vieux citronnier et tremble. Alors avec elle, la maison tout entière se met à trembler.

« Nous aussi on avait un citronnier », raconte Kim à Laurent en relançant du pied la danse de son rocking-chair. « Ce citronnier, c'est mon plus vieux souvenir de chez moi. Je l'ai encore, là, son odeur, sur mes mains. Je me souviens de ses fleurs. Et je me souviens... Hé, mais qu'est-ce qu'ils sont secs tes citrons, tu l'as eu où ton plant? C'est des vieux citrons sauvages ça. On t'a pas appris à greffer un citronnier? T'avais qu'à en acheter un greffé! Tu fais quoi avec ça à part du ti-punch? Crevard. Bref. Maman avait un vrai citronnier, elle, un citronnier greffé. Il faisait des citrons gros comme des oranges et le zeste... Son parfum te restait sur les mains la journée si t'en cueillais le matin. Le citron, c'est pas l'acide, c'est l'odeur. Un vrai citron, ça te pique pas d'abord, ça te caresse. Je vais presser des feuilles dans mon verre d'eau, ça lui donnera plus de goût que ce pauvre squelette de citron nain. Ça fera du madou.

Il est bon qu'à ça, ton citronnier sauvage. Mmh ça, ça c'est un verre de qualité manmay ! Allez, fais pas cette gueule, chante avec moi plutôt. *Siwo* ! *Ban mwen an nonm dous kon siwo* ! *Madou siwo...* »

Buvant, Kim se replonge dans notre plus vieux souvenir. Il le raconte à son otage : il aime raconter cette histoire. Ce jour-là, chez Maman, Kim courait dans l'herbe du jardin, mais il ne tenait pas encore bien sur ses jambes. Je le poursuivais, Kim poussait des cris en fuyant, et faisait l'avion. Et quand je m'approchais trop, Kim fermait les yeux. C'est comme ça, selon moi, qu'il est tombé dans le citronnier. Mais Kim a toujours eu sa propre version de l'affaire : « Il était encore jeune, ce putain de citronnier », explique-t-il à son hôte. « Il avait des *manman* épines ! Ça m'a déchiré la peau, là, sur les bras, le dos. La robe que je portais ce jour-là, je m'en souviens, c'est Marraine qui me l'avait offerte. Elle était trouée de partout. Mais je m'en foutais, je la détestais cette robe, de toute façon. Il a bien fait, le citronnier greffé, de se venger sur moi pour le mal qu'on lui avait fait petit. Je te dis ça. L'attaque du citronnier, c'était un acte de vengeance. C'est certain. Il était fort cet arbre, à la naissance. C'était un porte-greffe. Sa race a traversé les siècles les continents les épidémies les ouragans, et il tenait toujours debout. On l'a fauché à peine sorti du nid, à peine quand il poussait sa première tige, ses premières feuilles. On l'a fauché pour lui planter un alien que les humains pensaient meilleur que lui, un arbre civilisé tu vois, un truc bien qui porte des fruits sucrés, rentables, un arbre normal, standard. On l'a mutilé le porte-greffe. On l'a coupé, l'arbre. On voulait le tuer du dedans, l'arbre. Alors c'est l'arbre qui s'est jeté sur moi ce jour-là. Il s'est jeté sur toute ma race de tortionnaire de citronnier. La vengeance, les arbres c'est les premiers qui connaissent ça. Ils la ruminent. Un jour ils cesseront de fleurir et ils nous regarderont crever. Regarde, regarde là, mon dos, mes bras. J'ai gardé ces cicatrices, là ! Je les porterai toute ma vie. Et c'est Édith ça, ma sœur. Ma cicatrice. Ça partira jamais, tu comprends ? Ça partira pas. C'est là que je suis né en fait, sur les épines enragées d'un citronnier greffé. »

Et comme pour venger la blessure de notre enfance, Kim presse entre ses mains les carcasses de citron sauvage. Il en saisit chaque pépin entre ses doigts et il les pince. Ses longues phalanges en retirent le tégument, en extraient la radicule et la purgent, jusqu'à ce qu'il n'en reste rien.

Ayo se penche en silence sur le corps épuisé de Kim. Elle l'observe. Elle le rencontre. Elle le boit. Elle pose sur le front de Kim son Souffle et soutient son regard. Il ne la voit pas vraiment, mais elle, assise sur le rebord du monde, coulée sur le rivage des éthers embrumés, elle fond dans les yeux ténébreux de l'enfant et elle dit : « Cette bouche qui parle en étrillant l'univers entier, c'est la mienne. Ces joues qui s'étirent en attente infinie du baiser, ce sont les miennes. Ce nez qui s'ouvre sur l'humus parcheminé de l'humanité, c'est le mien. Cet enfant-là est à moi. » Et le monde s'efface pour laisser l'âme de l'ancêtre verser à ce front las le reste des souvenirs massacrés. Elle veut lui dire « Héros, ne te laisse pas dérober». Elle veut le secouer, pour extraire de ce corps le poison de la haine et le ramener à sa grandeur. Alors Ayo saisit les bras de la berceuse en osier et ouvre sur sa descendance un cri dissonant pour la réveiller. Mais Kim ne l'entend pas.

Il est quatre heures du matin, le peuple des nuits grouille dans le quartier Régale. À l'abreuvoir des broméliacées, chaque grenouille chante à sa voisine le récit de sa nuit. Les criquets pendus dans les buissons tendent une oreille délicate sur les messes basses de leurs prédatrices. Et les fleurs nocturnes, en lentes vibrations, transmettent le message aux arbres endormis. Ils se réveillent et bruissent de surprise, levant ainsi toute la selve tropicale dans une symphonie de commérages. Par cet intense *makrelaj*, le peuple de la nuit en sait plus que les vivants sur Kim, et il en sait plus que les morts. Ce peuple m'appelle, moi qui me suis fondue dans la mémoire des murs, assise sur le rivage du monde, là où le présent n'existe plus, là où tous les savoirs se rencontrent, là où les cœurs ne battent plus mais rayonnent encore. Je tends l'oreille aux crépitements de cette effroyable nuit, et portée par l'insistance du chant des grenouilles, mon esprit quitte la case et dévale le morne.

POUR FAIRE TAIRE LES GRENOUILLES

Il est quatre heures du matin. Loin, à quelques pas de l'en-ville, tout près du damier orangé de la capitale de l'île, des chiens reniflent une odeur de sang et les pattes posées contre un mur, ils jappent à en effrayer les blattes. Leurs comparses du quartier Dillon tentent de deviner dans le concert matinal si l'alarme canine sonne le buffet ou le tocsin. Les grenouilles, elles, savent déjà tout. Coincées dans les fissures des murs, elles ont vu l'assassin tuer en silence, avec un couteau de boucher, en plein après-midi. Elles ont lu dans son regard la profondeur d'un geste mûr, car ce n'était pas une colère, non, ce n'était pas un crime levé par l'instant: c'était un guet-apens, une mission, une terrible sentence assénée par un être froid et déterminé. Elles l'ont vu, ce jeune homme, détourner le regard de la flaque de sang qui s'étalait et partir, sans regret et sans honte. Et depuis, les grenouilles ont veillé la chair sans vie, dans l'attente des insectes nécrophages dont, la nuit, elles feraient un festin. Leurs ventres repus du dessert putride, il est quatre heures du matin et les grenouilles sifflent une étrange musique qui agace les chiens. Makrel en profession, elles font glisser l'histoire dans le sens du vent et très lentement, l'histoire remonte la pente de l'en-ville à contre-courant. Le sifflement suit le bitume de la quatre voies d'abord, longeant les champs de canne à sucre, les terres polluées à la chlordécone et ce qu'il reste de mangroves. Arrivé au sud, le chant grimpe les mornes verts et gonfle dans un ruisseau du quartier Régale. Et dans la vallée où se terre Kim, cette vallée étirée par le fer de la lune, les grenouilles racontent le milan de la veille à leurs voisines. Alors sur la terrasse de la case, tout près de l'assassin, les grenouilles de Régale chantent le dîner macabre de leurs sœurs citadines et attendent leur tour. Patiemment.

Ayo aussi écoute les grenouilles. Elle reconnaît Kim dans leurs récits bruyants, et maintenant elle sait ce qu'il a fait. Elle sait que Kim a tué mon fils Cédric, dont le cadavre repose sur le carrelage froid de ma cuisine, au bord de l'en-ville. Sous la peau évanescente du ventre d'Ayo se tord alors le vide laissé par le bébé qu'elle n'avait pas pu extraire à l'existence il y a 200 ans. Son ventre se tord sur cet être qui n'aurait pas dû vivre et qui pourtant a vécu, né sous les yeux de quatre habitants qui fumaient en se délectant du spectacle animal d'une Négresse mettant bas dans une étable.

Lorsqu'elle était encore en vie, Ayo avait aidé à avorter des dizaines de Négresses des plantations du sud de la Martinique. Son art était connu du François à Rivière Pilote, de l'océan Atlantique à la côte Caraïbe. Elle faisait transporter son remède par des passeurs rendus muets par serment, sur les routes du sucre. Ils serraient pour elle sous leurs hardes des feuilles de justicia secunda roulées dans la fiente de ramier, qu'il fallait avaler si on se faisait prendre. De main en main, la marchandise arrivait à celle dont on disait le nom, et les femmes de la rue cases-Nègres se relayaient ensuite à la garde de la parturiente jusqu'à ce que l'or noir de son ventre coule en saumure écarlate hors de l'enfer des hommes. Lorsque la grossesse était trop avancée, Ayo marronnait même, la nuit tombée, jusqu'au chevet de la résistante, pour mêler au remède de l'herbe-soleil et peindre sur le mur une porte vers l'au-delà. Et les fœtus traversaient. Ayo n'avait jamais failli. Mais aucune de ses plantes et moins encore ses vévés de sang n'étaient venus à bout de cet enfant-là. Le sien.

Les maîtres ne s'étaient jamais émus jusque-là des rites d'empoisonneuse de leur talentueuse guérisseuse. Elle décimait avec une discrétion sans faille le cheptel de leurs rivaux et se gardait bien, autant qu'ils n'en aient jamais su, de supprimer les enfants à naître de sa propre habitation. Alors les maîtres n'ont jamais dénoncé Ayo, dans une silencieuse complicité teintée d'aventurisme. Mais cette fois, face à son acharnement à faire mourir son fœtus déjà grand, les maîtres ont été saisis de panique. Impossible de laisser le poison prospérer sur leur plantation, de risquer la ruine comme leurs voisins car, si une femme pouvait tuer son propre enfant, quelle limite ne pourrait-elle dépasser ? Peut-être osera-t-elle bientôt s'en prendre à sa maîtresse, la rendre à jamais stérile, et ôter la vie en une seule nuit à tous les hommes de la maisonnée ? Le doute suffit à leur ôter le sommeil. Alors le terme approchant, les maîtres ont enfermé Ayo, enchaînée, pour prendre leur dû, leur bien, vivant, et le revendre au plus offrant. Séparée de ses plantes et de ses maléfices, Ayo a tout de même tenté. Jusque dans cette heure si vaste, elle serrait sur le corps de l'enfant tous les muscles de son sexe en espérant l'étouffer. Elle récitait des listes supposées le faire naître étranglé. Elle insufflait dans son ventre les plus néfastes gaz qu'elle inhalait pour le faire suffoquer. Elle riait enfin, en délirant, se souvenant cynique de la voix de la sorcière qui l'a formée en fond de cale du bateau négrier, entre le Dahomey et la Martinique. Au départ sans retour, Ayo n'était qu'une apprentie, à peine sortie de l'enfance. La sorcière l'a dérobée aux yeux des brigands en la baignant d'un sortilège puis, durant toute la traversée, elle lui a fait apprendre tout ce qu'elle connaissait, comme une litanie de mots dressés contre la mort. Et pour prolonger sa protection, pour rétribuer la consécration de sa disciple, la sorcière a promis à Ayo que jamais elle n'aurait de descendance en esclavage. Elle a hurlé son sortilège dans sa langue natale, juste avant de s'enflammer sur le pont du bateau.

Et pourtant Ayo, 15 ans plus tard, avait bien été grosse d'un être qui ne voulait pas se décrocher de son ventre. Et même le tuer à la naissance, on ne la laissa pas faire. Né coiffé, profané, l'enfant a été arraché de la matrice par des mains libidineuses, transplanté en sein étranger. Innomé. Perdu.

Accusée d'user de poisons, Ayo n'a pas été remise aux mains trop clémentes de la justice coloniale. Invitant leurs voisins, les maîtres l'avaient attachée avec des sangles de cuir au tronc épineux d'un fromager et serrée là jusqu'à ce que sa propre vie coule avec son sang dans la terre argileuse. Libérée de l'enfer, Ayo n'avait pourtant pas traversé dans l'autre monde. Elle avait préparé sa fuite vers un rivage d'où elle pourrait poursuivre sa mission, parce que la guerre n'était pas terminée, parce qu'il lui fallait transmettre à un enfant ce savoir par lequel on assécherait le sang des serpents. Elle est restée dans l'entre deux mondes, et de là, elle a cherché son fils. Longtemps. Elle a retrouvé son corps dans la forêt un jour. Il était déjà mûr, et mort.

Et le voilà, l'enfant, le voilà retrouvé 200 ans plus tard dans une autre vie, pourquoi ? Pour le regarder tuer son propre sang ? Pour le regarder attendre la mort en dessaoulant ? Pour le regarder achever d'un coup de couteau la lignée qu'elle n'a pas su avorter ? Et pour qui, maintenant ? Pour quoi faire ? Comment la mort a-t-elle pu à ce point se tromper de saison ? Ayo hurle et son hurlement réveille les autres fantômes accrochés aux branches du fromager.

Kim entend un cri strident. Il sursaute, s'éveille. « Il y a quelqu'un ! » Il bondit, court, manque de tomber. Dans son estomac, une boule de plomb éteint ses pensées. Il court et il se retrouve loin de l'otage, trop loin, coincé dans une pièce noire sous un tas de linge, sous un lavabo peut-être. Il tient son couteau des deux mains, se coupe bêtement, mêle son sang à celui de ses victimes. Son cœur bat vite. Il tend l'oreille vers le monde, serre le poing à s'en faire saigner et claque même des dents.

Kim a peur.

Il siffle sans le vouloir entre ses mâchoires serrées. Là, dans le champ de lumière qui traverse la pièce principale et caresse le couloir, il entrevoit les portes du salon et attend l'arrivée d'une brigade d'un contingent d'un régiment venu pour lui, pour le gazer le fumer le mitrailler le tuer. Il peut mourir. Il ne veut pas mourir. Il apprend qu'il ne veut pas mourir.

Mais non. Rien. Il n'y a rien que l'obscurité dans ce couloir.

Kim se ressaisit, pense à son otage, s'extirpe de la tonne de linge sale où il a échoué et revient en quatre pas dans le salon poser son couteau sur le cou de Laurent. Et là, tendu comme une mangouste à l'affût, il sonde les profondeurs de la nuit. Il entend de nouveau le cri et calme en soupirant son cœur en dérive. « Ce n'est pas encore l'heure. Ce n'est pas une alarme, crétin ! Ça, c'est juste une grenouille qui chante ! *Fout man boulé.* »

Le vent serein du matin souffle sur Kim à l'en faire frissonner. Apaisé, il lâche la tête de Laurent qui bascule en arrière et se frappe les joues, sautille, se racle la gorge. Ayo tente de saisir son fils dans cet instant. Les vivants sont plus poreux au monde des défunts quand ils ont peur de mourir. Elle souffle sur les rideaux ouverts et fait courir sur le dos de Kim un air froid qui le fait avancer. Il vient à la fenêtre. Il s'y accoude. Le cadre donne sur les hauteurs de Régale. Le cadre donne sur la terre de notre enfance, et Ayo l'y ramène.

POUR REVENIR SOUS LE MANGUIER

La lune dispute au soleil le droit de se lever. Dans un coin de la vallée, elle est ronde et sa robe grise rougit. Face à elle, le soleil réveille en silence les contours du relief. Au fond de la vallée, la brume s'étale et donne à Régale des allures d'île sauvage. Kim suit par la fenêtre la courbe du morne et la caresse de la pointe de son couteau. Ce flanc, il le connaît par cœur, il l'a grimpé 100 fois enfant. Les yeux embrumés encore, il y revoit chaque grand arbre, chaque éboulis, chaque cabane perchée. « Tiens tiens, la vieille baraque du béké est encore habitée », constate-t-il en retrouvant, au sommet de la forêt, les murs blancs d'une grande maison coloniale au profil impeccable, éclairés par des lampions. C'était le refuge secret où Kim montait le dimanche avec nos cousins. Sitôt revenus de la messe, les oreilles bourdonnant encore des sermons de la secte patriarcale, les enfants échangeaient en hâte les robes repassées et les chemises empesées contre de vieux habits *dédou*. On n'avait pas le temps de les en empêcher, les voilà qui disparaissaient déjà de la rue, du quartier, en cabrant les roues de vélos trop grands ou trop petits, mais bien assez rapides.

Le couteau de Kim retrace dans les airs ce chemin qu'il connaît et qui sillonne le morne. Il se souvient des heures passées là avec ses cousins, à quelques pas de cette case dominante, sous le manguier du béké, sans permis sans invite, le cœur battant d'une peur sans objet. Kim et ses cousins étaient des malfinis, oiseaux courageux, fiers, hauts d'entre les grands, qui comptaient les possessions de leur domaine, la plaine du Lamentin s'étalant devant eux. Là les champs de canne, infinis et aplatis, à l'ouest une mer et à l'est l'autre, se disputant le bleu le plus ferme, et surtout au fond, les Pitons qui, vus de là, ressemblaient aux cuisses ouvertes d'une femme. Kim et ses cousins restaient un moment à les regarder, sans rien dire, ou en écoutant la voix d'Eugène Mona sur leur walkman égrainer le nom des *bwa brilé*, sur la terre de ceux qui leur donnèrent des noms de Blancs. Et quand les chiens du proprio commençaient à japper, revenue à la sotte réalité, la compagnie friponne dévalait la pente en rigolant et rejoignait en hâte la maison de Maman.

C'est comme ça, en sortant de l'alcool par la porte de la mémoire, que Kim retrouve à la fenêtre de la case la sombre silhouette anguleuse de la maison de notre enfance. Son poing se serre sur un souvenir. Kim l'écarte et se distrait en rêvant de ce jardin qu'il aimait tant.

En revenant de ses escapades viriles en cousinade, Kim ne se présentait pas à sa mère sans se laver. Près d'un immense bois d'Inde qui donnait au bain un parfum singulier, Maman avait suspendu une douche carrelée avec des débris de céramique. Sur l'improbable mosaïque qui dessinait en fait des incantations, l'eau rencontrait le corps, s'y teintait d'argile, puis coulait dans le jardin jusqu'aux racines du citronnier. Elle était chaude en sortant des tuyaux à fleur de sol. Mais la mollesse n'étant pas permise en ce pays, très vite le liquide se glaçait sous la peau et saisissait l'enfant, toujours par surprise, dans un frisson tordu. C'en était vite fini. On ne gaspillait pas. Jamais Maman n'y installa de chauffage : toute une conspiration contre la paresse qui, toujours, aurait pu menacer ses enfants.

Kim épongeait sa peau dans une grande serviette et courait dans sa chambre pour éviter les moustiques. Et puis Kim enfilait un vieux pyjama. Et puis Maman coiffait sa cadette sauvage. La nuit, très tôt, allongeait ses bras sur la case. C'était l'heure entre deux plats où se disent des choses. S'il n'y avait rien à dire, Maman et Kim s'asseyaient devant la télé. Maman y trouvait quelque sottise à laisser susurrer sur la Une, un programme français, comme c'étaient les seuls disponibles en fait, ou une télé-réalité.

Kim sourit. Kim oublie. Il est entre les mains de Maman qui chante une vieille histoire que seules connaissaient les femmes de son sang. Kim la récite à Laurent. « Car c'est dans les racines de tes cheveux noirs qu'est gardée la puissance. Car les tourbillons de tes boucles sombres codent notre secret. Car dans la tempête de tes mèches montantes se brisera le sceau du silence. »

Ayo tient son enfant dans ses bras. Mais il ne le sait pas. Cette chanson, c'est elle qui l'a écrite. Ayo trouve qu'elle sonne mieux dans sa langue. C'est son arrière-petite-fille, Léonide, qui l'a traduite en français. Elle la chantait comme ça en coiffant la grand-mère de Kim. Et dans les rayons de son peigne se répandaient alors les secrets transmis de bouche en bouche depuis les ports d'Afrique.

1952. Le soleil, grand, se reflète sur le manche taillé. Léonide ne supporte pas de voir ses mains. Elle tire un peu fort sur le peigne, l'enfant crie. Elle se reprend. Elle voudrait ne pas lui faire de mal. L'enfant, c'est notre grand-mère, Sidonie. Je reconnais sur sa joue droite le signe en forme de mangue qui aiguisait sa fossette. Léonide voudrait aimer Sidonie comme elle le mérite. Elle voudrait ne plus voir sur son visage celui de l'homme qui l'a écartelée pour cinq francs le jour de la Libération. Elle a survécu à cela. Elle doit survivre au souvenir de cela. En quête de courage, Léonide respire et récite les mots qui préserveront sa fille de l'enfer revenu du fond des temps: *« Car c'est dans les racines de tes cheveux noirs qu'est gardée la puissance. Car les tourbillons de tes boucles sombres codent notre secret. Car dans la tempête de tes mèches montantes se brisera le sceau du silence. »*

Dans la case, c'est un vent glacé qu'exhale Ayo en écoutant le fils égaré, qui ne sait pas, qui ne sait plus qui il est, chanter son propre serment. Elle le scelle, et à présent, elle souffle. Elle dit: enfant, tu t'es perdu, mais tu ne mourras pas ce soir.

Le sortilège retourne les organes de Kim, et son corps se vide. À genoux dans sa bile, il vrille, il se débat à l'intérieur de lui-même, il s'effrite en trépignant le poing serré sur son arme. Il se dit alors, au bord de l'évanouissement, qu'il serait peut-être plus simple de se laisser glisser. Il se dit que peut-être l'alcool le trompe, peut-être qu'en vérité il est déjà mort. Seule la musique que joue la forêt lui assure qu'il est encore en vie. Seul le regard glacé de son otage lui laisse croire qu'il n'est pas seul face à son crime. Alors il relève la tête, il s'accroche à ce regard et bondit dessus comme sur une bouée :

« Laurent ! Laurent ! Écoute. Écoute ça, écoute les derniers chants de la nuit, ça c'est de la poésie. Toutes ces bêtes qui n'en finissent pas de siffler et qui te pètent la tête même en plein rêve. C'est le chant des sentinelles. Les grenouilles, elles tiennent le soleil en otage. Ouais ! C'est ça, et ça fait un tel vacarme qu'il n'ose pas s'évader de l'océan. Écoute ! Ça, c'est la musique immaculée. La grâce même offerte pour la terre des humains. Amen. Hein, le silence... Le silence c'est de la merde. Voilà. C'est une invention le silence. Déjà dans le ventre de ta mère c'était le vacarme. Eh bien c'est ça la nature. C'est le bruit, la nature ! Et j'ai tellement bu que j'entends ça en stéréo ! Écoute le chant des grenouilles ! Écoute-les, Laurent. Tu sens ça dans tes veines ? Tu les sens vibrer, tes artères ? Ça bout ? Oui ? Tu le sens ? Voilà ! Ça c'est la Martinique. C'est ça la Martinique. C'est... une cacophonie de chansons douces. »

Kim se dresse sur la terrasse en voltigeant. Il arrache une brindille entre ses doigts fins et la brandit vers le ciel. Les jambes écartées sur le sol, il frappe du pied la mesure, fait grincer en rythme le parquet en teck et lance une symphonie en dirigeant le monde entier. Les grenouilles aux cuivres, les criquets aux violons et les cabrits-bois aux tambours ! Il cherche dans son enfance les affreux tourments qui confèrent à son couteau sa transe macabre. Il cherche dans de vieilles comptines idiotes la raison floue déjà pour laquelle tout a commencé. Il ne trouve pas : c'est son corps qui sait, et son corps s'est évadé. Mais il chante. Il chante. « Mets des robes qui soient jolies, *mé pa povotjé sé nonm-lan ! Sé zot menm ki ka chèché'y, é aprè zot ka pléré ! Ma manmam m'a dit ! A pa mwen ki di ki di !*[1] Chante, Laurent ! C'est un cadeau du ciel, l'eau qui s'étale là en ruban dans la vallée regarde ! Chante avec elle, je veux entendre ta voix ! Pourquoi tu ne chantes pas, Laurent ? Laurent ! »

1. « Mets des robes qui soient jolies, mais ne provoque pas les garçons ! C'est vous qui venez chercher des pr oblèmes, et après vous pleurez ! Ma maman m'a dit ! Ce n'est pas moi qui l'ai dit, qui l'ai dit ! », chanson d'Eugène Mona.

POUR TUER L'ANGOISSE

L'angoisse traverse le salon. Kim y revient en un éclair.

« *Way! an milpat!* Je l'ai pas raté celui-là. Ah il fait pas le malin sous mon pied ! Saloperie ! Qu'est-ce que tu fous avec des chaussons, toi aussi, Laurent ? T'es à la campagne espèce de vieux bourgeois rassis ! Faut des vraies semelles quand on vit ici ! Du dur ! Tu sais jamais quand t'auras un ravet à purger ! C'est lui ou toi, tu sais ça ? Je hais ces bestioles. Y'en a partout dans le coin. Je le sais, j'ai grandi tout près d'ici en fait, là-haut, à Régale. Régale. Tu connais ? Hein ? Non non, tu crois seulement que tu connais. Tu peux pas connaître Régale... Tu connaîtras jamais Régale, la vraie. C'est la terre des gens courageux. Toi t'es qu'un trouillard. Je suis sûr que t'as jamais été fichu d'y mettre les pieds. C'est pour ça que tu me connais pas. Si t'avais osé venir à Régale un jour, tu saurais qui je suis. Tu saurais que mes pieds ils sont durs comme les pierres que j'ai ratissées toute l'enfance. Les tiens, toi, tes pieds, c'est quoi ? De la peau de bébé ? Les pieds de bébé ça sert à rien. C'est du bonbon pour les insectes, c'est par là qu'ils commenceront à te bouffer sous la terre. Moi je connais la terre, la terre c'est ma peau, c'est ma racine. Je ne la crains pas. Regarde-moi ! Je suis pas dressé vers le ciel à gober les nuages! Je suis pas une flèche de cathédrale, je suis un colosse planté dans le sol. Je suis l'ancre de mon propre navire. Je ne chavire pas. Je ne tanguerai pas. Non. Je suis arrimé à la terre, j'ai la puissance, la puissance! Elle se laisse pas faire la puissance, elle se laisse pas écraser sous des siècles de fers, elle se laisse pas bouffer par les vers, elle se bat! Je prends les armes, oui! Ce couteau c'est le bras de toutes les miennes, héroïques, intenses, libres! Et aujourd'hui, c'est moi, c'est moi le pouvoir! C'est moi, c'est moi qui mets fin à l'histoire! Moi... Moi, je sais d'où je viens. Et je viens de là, de la terre, de Régale, du Kongo, de l'argile, du sable, du reg. Moi! Toi aussi, mais toi, tu ne viens plus de nulle part parce que tes pieds couverts de talc, ils n'affrontent plus le sol, ils n'affrontent plus rien! Ils s'amollissent dans des chaussons en coton!»

Une céphalée vient à bout de Kim et de son souffle. Il s'adosse au mur à tâtons, la main sur le thorax. Panique. La sueur perle sur son front large où des veines tracent les sillons des fleuves de rancune qui alourdissent son âme. Kim trébuche, ramasse son cœur en se tordant le ventre et s'arrime à son couteau ensanglanté comme à une ancre. Il ne quitte plus Laurent des yeux.

Ayo change la sueur froide sur le visage vieilli de son descendant en perles de sel. Elle voudrait qu'il goûte ce sel pour sentir l'eau pénétrant les poumons de ses pères dans l'océan d'entre deux mondes. Elle voudrait que Kim entende, dans ce cri de sel, l'espoir d'une meilleure existence. Elle voudrait lui dire va, mon petit, construire la vie pour laquelle sont mortes tes mères, furent violées tes mères, furent mutilées tes mères. Ne les venge pas, va, que leur sacrifice ait apporté au moins sur la terre un être heureux enfin. Va, que tu voies, toi, un jour grandir entre tes mains une petite fille joyeuse qui ne craindra rien. Et toi peut-être toi tu sauras mieux que quiconque comment faire cesser la mort, parce que ton sang la connaît, parce que tes yeux l'ont regardée en face et l'ont défiée avant même que tu ne naisses, avant même que tu ne sois. Elle voudrait lui dire, tiens, aucune malédiction ne naît sans son remède. Elle voudrait lui dire, vrai qu'aucun sortilège ne s'éteint en volant une vie. Elle voudrait lui dire enfin, tu es trop ignorant des mystères du monde. La mort est un trop heureux remède aux tourments des humains. Il en est d'autres, il en est de meilleurs, il en est de plus forts. Comment ne le sais-tu toujours pas ? Fallut-il donc que tu sois un garçon, pour qu'on ait oublié de te transmettre les secrets de ta propre lignée ?

Mais Kim ne l'entend toujours pas. Kim ne l'a jamais entendue. Peut-être oui, peut-être qu'on aurait dû l'initier, Kim, à rejoindre le rivage des mortes, lui aussi. Alors, peut-être qu'il aurait parlé à Ayo, et peut-être, oui, peut-être qu'il n'aurait pas eu à ôter la vie pour tenter de sauver la sienne.

« Il est mort comme ça Eugène Mona », se rappelle Kim en avalant une gorgée de madou. « Eugène Mona. Le chanteur. C'est une mauvaise colère qui l'a emporté. Si on fait sa statue comme il se devrait, hein, il faudrait le faire comme ça, en colère, pour y suspendre sa vie. Mona. Je bois à ta bonne santé là-haut ! Dans peu de temps peut-être, on trinquera. »

Ayo a déjà vu ces yeux-là, affolés dans leurs coquilles noires, tremblants, perlés de sang. Ce sont les yeux des suicidées. Alors, terrifiée, Ayo s'efface de l'ombre et laisse Kim danser dans la case. Il est cinq heures du matin et Ayo part me trouver en hâte, avant que je m'éveille, avant que j'allume la radio, avant que j'entende les nouvelles, pour diriger ma colère et m'empêcher au moins de tuer mon propre frère.

POUR SATISFAIRE LES MAKREL

À Fort-de-France, le monde se lève tôt. La Martinique se vit dès l'heure bleue où le jour n'est pas encore né, mais vagit déjà dans la brume qui l'accouche. Bientôt, le flot des voitures montées du sud inondera l'air d'un ronronnant vacarme. Bientôt, leur poussière couvrira les quartiers de l'en-ville d'un couvercle venimeux. Bientôt, le bruit sera l'empire des humains, et dans ce hurlement, le soleil inondera la capitale. Mais à l'heure bleue, dans les rues des faubourgs, les oiseaux règnent encore sur les branches des manguiers. Ils tissent dans l'air frais une tendre mélodie, caresse offerte à l'espace qui résonne jusque dans les autres mondes. C'est ce calme chant qui accompagne à Fort-de-France les pas des travailleurs et des travailleuses qui triment dans la fraîcheur. Ils lavent, rangent, bâtissent, protègent et aseptisent le monde que les gens venus du sud doivent faire fructifier. Le monde ne tourne pas sans ces gens qui tournent le matin. Ils le savent, elles le savent, et les voilà dans le calme. Ces gens sifflent parfois, et les oiseaux s'inquiètent de ce sifflement humain et de ses facéties. Plus souvent les gens marchent en silence, avec déjà le souci de leur journée. Chaque jour, le même ballet de bottes, de baskets épuisées et de cannes perdues. Et dans l'humble silence des humains, l'odeur du café.

Le voisinage connaît par cœur les rituels du matin. Mais ce matin-là, à Dillon, les chiens jappent un peu trop en avance. Leur vacarme à contretemps dérange Georgette, ma voisine, dans sa minute de contemplation quotidienne. Elle quitte des yeux le glouglou rassurant de sa cafetière et tourne son épaisse carrure vers la fenêtre encore close de sa cuisine. Un grand papillon noir s'est échoué en fin de vie sur le chambranle. Mauvais présage. Georgette se lève de sa chaise, fronce les sourcils, ravale un juron et ouvre ses volets.

Le soleil s'étale déjà sur le faubourg et étire l'ombre de ma maison, en face. Les chiens s'y amassent en meute et tendent leurs museaux vers la fenêtre de la cuisine. Pourquoi personne ne vient-il ouvrir cette fenêtre et les chasser? Alors que Georgette y pense, la voiture à pain klaxonne au coin de la rue. Elle s'arrête juste devant ma porte. Le chauffeur attend. Il livre du pain massif chez moi tous les matins. Georgette est la suivante. Elle enfile ses sandales, ajuste son paréo au-dessus de sa lourde poitrine et serre un peu son foulard *maré têt* sur ses choux à moitié mis. Et puis elle sort, pour prendre son pain et jeter enfin un œil au tableau sonore qui agite de spasmes la ruelle. Le marchand ambulant donne un coup de klaxon éraillé et laisse glisser sa Kangoo en roue libre jusqu'à Georgette qui s'est avancée plus que d'habitude pour le recevoir.

— Il se passe quoi à côté? demande-t-elle sans préambule.

— Bonjour Georgette.

— *Bel bonjou, bel bonjou* !

— Y'a personne. Mais la voiture de Frédéric est là pourtant. Peut-être tout le monde dort.

— Et les chiens ?

Du coin de l'œil, la makrel aperçoit ses commères du matin attendre la scène, cachées derrière leurs claustras. Elle les prend secrètement à témoin et fixe le marchand d'un de ces regards qui ordonnent sans dire. « Je vais voir », répond-il en tournant les talons vers la meute. En un instant, les chiens se dispersent puis se rangent sur le trottoir d'en face la queue tendue. Dans ce quartier, les maisons basses s'étalent à l'ombre des immeubles. Les gens n'y sont pas bien riches, mais ils ont un petit jardin et un garage. Il fait chaud l'après-midi sous les tôles, mais au moins, on n'y partage pas ses pas et ses ennuis avec quatre familles voisines comme dans les grands ensembles. Et ce matin, c'est bien une maison basse dans laquelle le monde entier va mettre son nez.

Le marchand de pain se tient sur la pointe des pieds contre le mur jaunâtre de ma maison, là où la fenêtre est restée fermée. Il saisit la grille et se soulève assez pour regarder. Et il n'appelle pas. Il fixe un corps gris égorgé et plongé dans une nappe de sang noir. Un rat renifle le bras du cadavre, un homme entre deux âges. Au fond, un autre corps ouvre sur lui un regard blanc, la bouche ouverte, assoiffée d'air. Le marchand reconnaît mon fils, Cédric. Il n'en dormira plus jamais. Il vieillit en descendant du mur et son regard est vide quand il annonce à la commère :

« Le diable est ici. Nous n'avons plus de pays. »

POUR PASSER À LA TÉLÉ

Dans la case, comme Laurent ne chantait pas, Kim a allumé la télé. Trace FM, dancehall et filles à poil. Il monte le son et puise dans la testostérone sur papier musique l'énergie de renverser les meubles. La basse à fond, il fait un vacarme à réveiller les mortes du fromager. Kim danse sur le tapis en jouant avec son couteau. Il retrouve dans ses jambes une force ancienne qui grimpe jusqu'à ses hanches, et elle le pousse à se préparer à survivre, malgré tout. La porte-fenêtre est obstruée par tout un amoncellement de bois de matelas et de verre cassé. Kim ne devrait même plus voir le soleil se lever.

« Voilà ! Et maintenant, qu'ils viennent. Je les attends. »

Laurent gobe l'écran. Ça lui ressemble bien, à cet homme-là, de mater son match de foot pendant que bobonne s'affaire aux fourneaux. Kim tire sa berceuse près du sofa, tout proche de Laurent. À cette heure-ci déjà, on peut s'abrutir de n'importe quoi : télénovela, porno, policier, infos en continu... Il y en a pour tout le monde. Kim prend la télécommande, monte un peu le son et zappe.

« Je passerai à la télé, moi aussi. Y'a que comme ça qu'ils parlent de nous, quand on fait une grosse bêtise.

J'ai fait une grosse bêtise hier, tu crois Laurent ? Arrête ! J'ai fait quelque chose de grave. Mais je n'ai pas fait une bêtise. Non. Je passerai à la télé. Et je leur expliquerai pourquoi ils devaient mourir. Mais pas saoul. Quand j'aurai décuvé. Ça les changera des télé-réalités à la con ! Moi j'ai vu les vraies hein, les premières, tu te souviens ? Loft story, Star Ac'. Ah le bon vieux temps du début de la fin du monde. J'ai vu Loana baiser dans la piscine en direct différé. Ouais ! Enfin, je l'ai pas vraiment vue parce qu'à ce moment précis, Maman a appuyé férocement sur l'avant de ma tête pour que je courbe la nuque et qu'elle y démêle de petits cheveux qui n'avaient pourtant jamais rien fait de mal à personne. Mes deux pommes fesses s'enfonçaient durement sur ce vieux coussin qu'on ne sortait que pour la coiffure. Il nous surélevait juste comme il faut pour que Maman soit à la bonne hauteur de coude de nos crânes. La télé radotait sa merde et nous on écoutait la télé et Maman. C'est elle qui traduisait pour nous la télé des Blancs, qui nous faisait l'éducation de la télé des Blancs. »

Kim n'écoute pas vraiment le grand écran de Laurent. Il est entre les genoux de Maman, les jambes pliées contre sa poitrine dans le cocon délicieux de l'enfance. Elle dit :

— Les gens ne savent pas se tenir correctement. *Tjip* ! On voit toute la culotte de la personne ! T'as pas intérêt à te présenter comme ça chez moi un jour, ou alors tu pourras aller coucher ailleurs.

— Maman... J'entends rien là...

— Arrête de bouger, Kim ! T'as pas besoin d'entendre. Ils racontent n'importe quoi.

Maman avait une dent contre les Français, en tout cas ce que retenait Kim de son affaire avec les Blancs. Elle ne regardait Loft story que pour s'énerver.

« Ah, ça c'est Urgences. » Kim s'arrête sur Teva. « Tu sais Laurent, Maman était amoureuse folle du médecin, Kovak, un Kosovare ou un truc du genre ; en tout cas il venait d'un pays qui ne nous a rien fait, et ça suffisait à le rendre séduisant. Bon, ça c'est moi qui dis ça aujourd'hui. Peut-être qu'elle le trouvait juste beau. J'en sais rien, j'ai pas vu grand-chose de la série. Quand Maman me coiffait, plutôt que d'avoir le regard qui part dans tous les sens, moi je fermais les yeux. De toute façon, j'avais pas besoin de voir la télé. J'écoutais l'écran dans la bouche de Maman. J'aimais qu'elle me coiffe. J'aimais ça. Elle devait s'en douter, je pense qu'elle aimait ça aussi. C'était comme un moment juste avec elle, juste avec moi. Entre elle et moi. »

C'est peut-être pour elle. C'est peut-être pour elle que Kim a tué. Pour Maman. Parce qu'enfant Kim s'est rendu coupable par son silence. Pour Maman, parce qu'elle n'en ferait pas moins, Maman, si elle savait. Pour Maman, parce qu'il espère peut-être qu'elle au moins le comprendra. Pour les mots qu'on ne s'est jamais dits et qui pourtant sauraient renverser le monde. Il a tué pour elle. Ou du moins, il pense peut-être l'avoir fait.

Je ne suis pas dans mon corps quand la juge me parle. Je ne suis pas là. Les mots qu'elle échange avec mon avocate résonnent contre mes tympans et puis s'envolent dans les coins creux de ma mémoire. Je m'absente pour survivre dans un terrier de mon être où cette affaire n'a pas eu lieu, où Cédric est encore ce petit être chaud contre mon ventre qui rit à des blagues simples et me tend son gribouillage. Je ne suis pas en colère, je n'offre pas cela à Kim. Je le regarde dans les yeux quand il me parle, et je pars. Là où je vais, au-dessus de mon corps, je ne ressens rien que le vide et le silence. Je ne souffre pas : je ne peux pas éprouver de douleur pour un drame que j'interdis d'exister. Mais demain je ne pourrai plus taire ce souvenir. Ni celui-là ni les autres d'ailleurs. Je devrai, à la barre, dire ce que je ressens. Kim a fait ça, il m'oblige à vivre ça, il m'oblige à faire vrais les souvenirs que j'avais exilés.

Kim dit qu'il veut me rendre justice au procès. Il n'est pas fou. Il croit comme on croit en Dieu que le sang de ses victimes était un juste sacrifice. Il veut dans ce tribunal rendre à nos mères leurs corps leur peau leurs mains leurs poignets lacérés leurs gorges serrées leurs vulves arrachées leurs entrailles éventrées leurs cœurs qui ne battent plus. Il veut, en détaillant les raisons de ses crimes, faire le procès de tous les criminels qui ont entravé ses gènes. Et il croit qu'on lui pardonnera à la fin, parce qu'il a tué de sang-froid pour laver le sang des siennes.

Ce ne sera pas un procès. Kim veut être le jugement dernier d'une histoire qui a trop duré. Il croit que par ce châtiment naîtra le dernier combat pour la justice. Il ne voit plus aucune autre issue que celle-là : la guerre. Ce grand mot qui fait au monde de vraies révolutions. Kim croit, au fond des bourdonnements assourdissants de son cœur, que la guerre est la seule porte à ouvrir pour trouver un pays libre où mourir à son tour.

C'est ce que Kim prétend, tous les jours de parloir. Mais ici dans la case, assis près de Laurent, je le vois qui doute. Il doute que le monde soit prêt à entendre une telle vérité. Il doute qu'on accepte même de le laisser parler lors de son procès. « Ils ne savent pas. Ils ne connaissent pas leur histoire. Ils ne savent pas écouter les Souffles. Ils ne rendent jamais hommage à leurs ancêtres. Ils ont bu les paroles des Blancs, accepté la loi de l'oubli. Ils n'entendront rien parce qu'ils aiment boucher leurs oreilles contre les flots de merde de l'histoire. Ils ne savent pas que dans ces flots ont grandi les héros ! Ces gens, ces gens rendus petits, ignorants, ils ne comprendront rien. Mais ils t'écouteront, toi, Laurent. Tu leur diras, toi, ton corps leur dira ! Tu vas voir, toi tout entier tu leur feras comprendre que leur univers est à l'heure de s'effondrer ! J'ai de grands projets pour nous deux. Tu rentreras dans l'histoire, toi aussi, quand j'en aurai terminé, Laurent, tu vas voir. Et au moins tu pourras te vanter au jour de ton trépas d'avoir finalement servi à quelque chose. »

POUR ACCÉDER AU SANCTUAIRE

À cette heure-là, loin, sur la côte atlantique, Ayo paraît devant ma porte. Moi, Édith, moi, sa descendante. Édith, son héritière. Édith, la survivante. Portée par les Souffles dans la mémoire de cette nuit, je m'y rends moi aussi, et planquée dans les murs de ma propre maison, mon esprit vagabond devient le spectateur indiscret de mon propre souvenir.

J'habite à Dillon en semaine, mais je consacre tous mes week-ends à cette maison bercée par le roulis de l'océan. C'est là, à Macabou, que j'installe notre nouveau sanctuaire. Je le construis dans le plus grand secret. J'invite à mes cérémonies les âmes des ancêtres morts dans l'océan, en les priant de m'aider à déplacer la porte de l'entre deux mondes, car le pouvoir me manque. Avec leurs Souffles comme aliment, je mélange mon sang à des pigments dans des couis sacrés, pour peindre sur un mur du salon ce portail. J'y emploie mes samedis, et pour financer tout ça, je tiens séance le dimanche, cachée derrière une tenture africaine qui me sépare de mes clients. Personne ne sait que je suis quimboiseuse, même pas Kim. C'est trop dangereux, un peu pour moi, et surtout pour mon fils. Je ne veux pas qu'il ait d'ennuis à l'école.

Tout le monde connaît ma maison au bourg. J'ai dit que j'y vivais avec un marabout africain que j'aidais à fabriquer des huiles essentielles. C'est une maison en bois un peu étrange avec vue sur mer, noyée dans une forêt de plantes bizarres.

Ayo fronce les sourcils en s'approchant des murs. Elle doit me parler, mais je dors, tranquille, dans cette nuit claire où je ne dois rien à personne. Dans ma chambre glisse l'odeur des belles de nuit grimpant à la fenêtre. Je suis épuisée par un samedi que mon corps n'a pas encore délesté dans les profondeurs de mon matelas. J'avais besoin de m'effacer au monde dans un coma sans mots ni couleurs. Alors la veille, j'ai éteint mon téléphone, bu une décoction de passiflore, fourré au placard la charge mentale que toute cette tribu ingrate me fait porter, et ce matin-là, hermétique aux cris des Souffles, je suis plongée dans un de ces sommeils dont on rêve toute une vie sans les atteindre.

Pourtant, Ayo doit bien m'extraire du répit, avant que Kim, dans sa cavale suicidaire, ne détruise tout ce que ses ancêtres ont bâti. Mais elle ne peut pas entrer chez moi sans invite: j'ai protégé des autres volants les portes de mon sanctuaire. Ayo pourrait tenter de passer par la porte que je dessine avec mon sang dans mon salon, mais je ne l'ai pas terminée. Alors elle est coincée devant mon palier tant que je dors. Et le temps presse.

Sur le seuil de la maison éteinte, la terre est sableuse et fraîche. Ayo y ancre tout le poids de son âme et se met à danser. Elle en appelle au sang pour sauver son enfant. Elle en appelle au sang perdu dans cette mer qui s'échoue un peu plus loin. Les genoux pliés, le dos droit, les hanches ouvertes, elle frappe le pied pour réveiller les esprits tombés. Son talon abîmé foule le sol sablonneux de mon jardin à cadence du cœur et des entrailles de la terre. Jusqu'à ses reins vibre l'histoire entière. Les corps des Kalinas enterrés là sous ses pieds se réveillent. Leur sang est là, le sang coulé dans la boue des gens qui vivaient là avant. Le porte-greffe du monde qu'on a implanté là se tord pour surgir dans la jambe puissante de la sorcière.

Les gens du pays sous la terre connaissent Ayo. Cette sorcière a toujours soigné les corps et soulagé les âmes. Nul ne s'oppose à lui laisser traverser la barrière. Mais la grenouille qui m'est dévouée en sentinelle, ici, à Macabou, ne voit en Ayo qu'une criminelle potentielle. Alors elle se dresse sur mon palier, devant le corps en transe du présomptueux fantôme qu'elle ne connaît pas et enfle, enfle, et lui demande : « Qui es-tu pour qu'on te laisse approcher la porte entre les deux mondes ? » Ayo répond sans ciller à la grenouille immense :

« Je suis Ayo, sorcière du Dahomey, initiée aux savoirs d'entre la vie et la mort par mes mères et leurs mères. J'ai été capturée par des brigands en 1811 de l'ère chrétienne sur les côtes de mon pays. Sur le bateau, nous étions 800. Deux cents ont coulé dans l'océan là, juste derrière toi. Deux cents, dont les corps évacués des êtres innocents que j'ai sauvés de l'esclavage. Ceux-là sont retournés au gré des Souffles sur la terre des leurs. Et moi, j'ai traversé.

Bateau à quai ici, j'ai quitté le cocon de magie où une autre sorcière m'avait séparée aux yeux des monstres, et pour la première fois un Blanc a posé sur moi son regard et m'a faite Noire, en marquant ma peau brillante d'une strie écarlate. "Avance", il a dit. Et ici, sur votre terre qu'ils appellent Martinique, j'ai parlé au sol, j'ai réveillé le volcan d'Hairun[2] en y posant le pied. Tu me connais, vieille grenouille : le volcan a hurlé quand j'ai marché ici la première fois. Je n'étais qu'une enfant. J'avais déjà sauvé 30 des miens. La mer m'en est témoin. Et j'ai toujours été une prêtresse ici, depuis le premier jour, depuis le premier pas. C'est moi qui ai dessiné la première des portes de l'entre deux mondes. Alors, tu me connais avant même de me connaître. Je dois passer pour faire mon chemin. Ouvre-le-moi. Édith est ma fille. C'est pour elle que je viens. »

La passeuse grenouille demande l'avis à ses camarades du monde des morts. Elles lui racontent Ayo en l'an chrétien 1812, sur la place de l'enregistrement, là où on vendait la chair à labeur africaine. Ayo accablée par les flots des hurlements et de la souffrance humaine levait le menton vers le ciel et commandait au vent et aux volcans la fin des temps. Alors, le volcan d'Hairun a craché ses entrailles dans le ciel. Alors, le ciel a plu des larmes noires sur les champs d'or. Les maîtres reniflaient à mieux l'entendre la poussière assassine. Elle a grandi en tumeur dans le cœur des enfants, des vieillards et des zombis vivants qui marchaient dans le noir. On ne voyait plus rien. Mais la cendre

2. Nom précolombien de l'île volcanique de Saint-Vincent.

volcanique n'arrêtait pas la musique du fouet aux pieds des grands cercueils flottants. Ayo maudissait le soleil. Et Ayo maudissait ce rivage boueux de poussière grasse. Et Ayo maudissait le Blanc qui l'a changée en Noire. Il est mort peu de temps après, celui-là, d'une embolie pulmonaire.

En attendant la décision de la grenouille, Ayo danse sous la lune pour préparer son sortilège. Elle ploie ses genoux sur la braise et renvoie dans le sol la puissance des siennes qui ne sont pas mortes. Là, dans le fondok de son ventre, sont toutes celles qu'elle était et toutes celles qu'elle a engendrées. Dans le creux de son vagin en transe se déhanche la vie renouvelée, le plaisir accumulé qui n'a pas pu dire son nom quand il a expiré. « Souffle ! » Ayo appelle à elle cette femme qui l'a faite poussière dans la cale du bateau négrier, pour la voiler aux yeux libidineux de l'homme blanc qui les nourrissait. Elle savait, cette vieille prêtresse kongo, qu'Ayo ne mourrait pas. Elle savait, cette prêtresse, qu'Ayo ne pouvait pas mourir. Elle l'a cachée aux yeux du monde des Blancs pour qu'elle s'y lève comme une armée à son arrivée. Alors, dans l'ombre de la section femelle du bateau négrier, la sorcière kongo a transmis à Ayo les secrets qui décident de la vie des unes et de la mort des autres. Elle a consacré Ayo, cette prêtresse, en vouant toute sa lignée à servir les Souffles qui ramènent à leur pays les âmes déportées.

Dans la cale, il n'y avait pas de place sur le sol pour tracer les vévés qui liaient la prêtresse aux esprits de la mort. Alors avec son propre sang mélangé aux farines qu'on servait aux corps séquestrés, elle dessinait sur les parois du navire des vagues et des rivages, dans une transe emportée par les chants murmurés. Ce vévé, c'était la porte de l'entre deux mondes. Chaque enfant qui naissait, elle le posait sur ce sceau, et il disparaissait. C'est ainsi que même sans poison, elle renvoyait aux sols d'Afrique les âmes des martyrs.

Ayo frappe. Le sol réveille au loin un volcan. « Souffle ! » crie-t-elle au vent. Sa poitrine tendue vers l'océan qui pleure, Ayo hurle dans son cœur le souvenir de celle qui lui a tout appris et qui est morte en s'enflammant sur le pont d'un bateau ivre.

« Souffle ! » Les bras d'Ayo envoient au lever et au coucher l'appel de ses frères et sœurs reposant dans l'océan. L'invocation sacrée couvre la terre entière lorsque dans un rugissement elle tend le cou au ciel et frappe et frappe le sol encore à en soulever les volcans !

Le volcan d'Hairun dit à la grenouille de laisser passer la prêtresse. La grenouille n'est pas sûre, mais elle la laisse passer quand même.

POUR ÉTEINDRE LE PETIT MATIN

« Juge pas ma mère, Laurent ! »

Dans la case, Kim s'énerve tout seul. Il fait les questions et leurs réponses. « Ça lui faisait du bien en vrai toutes ces merdes à la télé. Et je comprends qu'on ait besoin de se vider la tête quand on bosse dans une banque. Elle n'était pas au comptoir à écouter des milans, elle. Maman elle calculait des trucs toute la journée. Mais elle se plaignait pas, Maman. Elle gagnait assez pour nous trois et on a toujours eu ce qu'il fallait. Tu me vois là, *ou konprann mwen sé an vakabon* ? Parce que j'ai tué, tu crois hein, tu crois que j'ai grandi dans la rue ? Non. Non non, moi j'ai jamais manqué de rien. Maman elle nous a tout donné. Tout. Elle levait chaque jour, chaque soleil, chaque lune aussi elle était là. Maman, elle n'a jamais pris un jour de congé de ses enfants elle, c'était perpète. Dans la maison, on entendait ses pieds sans arrêt. Ça frappait la cadence de la journée. On était toujours au ralenti à côté d'elle. Maman cuisine. Maman lave. Maman range. Maman téléphone à ses amies en cuisinant lavant rangeant. Maman jardine. Maman coud. Maman fait les comptes et le papier crisse sous son vieux stylo enragé. Ah elle les faisait bien les comptes. On n'a jamais manqué de rien je te dis ! Elle a jamais été grosse, Maman, elle faisait du sport toute la journée ! Et quand elle sortait le soir avec ses copines, Maman, avec ses lèvres étoilées et ses yeux papillons, ses rajouts en cascade et cette robe qui donnait le vertige, way ! Maman, elle pouvait danser toute la nuit et le lendemain, ses pieds claquaient pareil dans la cuisine. En fait moi je pense qu'elle se reposait au travail, sinon je vois pas trop quand... Ouais, c'est pour ça que les gens dans les administrations ils sont lents comme ça, c'est parce que les femmes dorment pas, chez elles. Faut bien qu'elles dorment quelque part. Elle souriait pas beaucoup. Mais elle était fière. Son visage serré, c'était le portrait de la puissance. Quand on passait le palier, elle était reine en son domaine. La maison de Régale, c'était le palais de Madame. Elle ordonnait jusqu'à la pluie de tomber. Et elle tombait. »

Et tous les matins, là-haut, la vie chez nous commençait au chant du pipiri. Kim ne l'a jamais dit à personne, mais il avait toujours les deux yeux ouverts quand l'aube s'avançait. C'était à cette heure-ci, exactement. Quand les poules se réveillent, quand le monde se met à chavirer, c'est là que tout commençait, là que tout recommençait, encore et encore. Kim ne ratait jamais ce moment, non. Jamais. Et depuis, il ne l'a pas quitté, il lui a marqué la peau pour toujours, ce chant.

Kim entend l'oiseau battre des ailes au fond du jardin, puis ouvre les paupières. Et il reste là, aux aguets, à attendre, les bras tendus contre son corps. Il dit :

« Mon cœur bat vite. »

Il frappe la mesure d'une marche guerrière, fantasme de courage jamais rendu.

Kim compte un à un les signes qui annoncent le jour, les sonorités graves qui le séparent du petit-déjeuner. L'oiseau d'abord pousse un cri dissonant dans le chant des criquets. C'est comme une flèche qui file dans l'eau douce. Ça commence. Le chien fer[3] de la voisine se lance bien avant les coqs: c'est l'heure à laquelle elle allume sa lampe de chevet et lance radio Saint-Pierre. Si Kim se concentre, s'il cesse de respirer, alors il peut clairement y reconnaître les pages de l'Évangile récitées par une chanteuse de gospel.

« Mon cœur bat vite. »

Les gens se lèvent avant les bêtes ici. Ils étirent leurs pas sur les feuilles humides. Là, sous le manguier, un homme avance vers la maison. Et puis le coq chante, mais sans envie. Si la lune est pleine, Kim voit l'ombre du prunier danser sur les persiennes. Ça dessine des paysages et des monstres, selon les saisons. Une porte grince. Se ferme. Silence. Kim prend de l'air. Ça sent la rosée et l'herbe, humide et fraîche. Il accueille cette moiteur pour apaiser la sueur qui perce ses tempes.

Son cœur bat vite quand à l'heure bleue du devant jour, Kim perçoit le bruit sourd de son père qui presse en l'étouffant le corps de sa sœur dans son lit d'enfant.

3. Chien endémique d'Amérique centrale, au poil ras.

POUR ÊTRE UN MONSTRE

C'est Kim.

Les voisines sont formelles. Elles disent :

C'est Kim, cette erreur de la nature, ce pervers, ce monstre, cette raclure, cette dégénérée, cette traînée, cette putain qui vend sûrement sa chatte au rabais sur le parvis de l'ancien tribunal. C'est Kim. On pouvait pas attendre mieux d'une fille dans son genre. Dieu n'a pas dit ça. Dieu ne veut pas qu'on choisisse son sexe. C'est Kim. Sa mère a eu une fille et le diable est rentré dans son corps, d'ailleurs on sait, d'ailleurs tout le monde sait que cette famille-là, c'est Satan, *sé djab selman ki ka koumandé yo.*

Enfant déjà ma voisine Georgette dit avoir vu Kim profaner l'église du Vauclin en portant sous sa robe des sous-vêtements de garçon usagés. C'est Kim, tout le monde sait que c'est un monstre et même sa mère savait. La marchande dit : « Une dame bien sa mère. Elle travaillait à la banque, à Rivière Pilote. Une dame bien, pieuse. »

Georgette dit : « *Tjip* ! *Zot pa konnet ayen. Zot pa konnet sé moun-lan.* Il ne faut pas se fier aux broderies des gens dans les églises hein, la vérité est loin, la vérité Dieu seul la connaît. La vérité, toutes les filles de cette famille servent le diable. La grand-mère de Kim, c'était une quimboiseuse. Elle a tué son propre mari. Kim c'est la petite fille du diable. Tout le monde sait ça. »

La marchande s'insurge : « On ne malparle pas des mortes. »

La voisine sourit : « Ces gens-là ne meurent jamais. Ces gens-là sont engagés. »

Le ton monte. On se rassemble autour des deux femmes égosillées. Les hommes tentent de parler, on les envoie paître. L'affaire est trop importante. « Tu es qui toi pour juger cette femme ? Pour cracher sur ses ancêtres ? » Georgette est dressée sur sa colonne vertébrale, elle lève le menton et son regard traverse le corps flasque de son vis-à-vis. « Je sais des choses », dit-elle en sifflant. « Ces gens sont engagés. Ces gens ne sont pas morts. Depuis la Guinée ces femmes traitent avec le diable contre le Christ. Deux siècles entiers de démonie cette famille. Je connais l'histoire, moi ! C'est le prêtre qui m'a mise en garde. Et Kim, ce machin qu'on appelle Kim, ce n'est pas un assassin, c'est le diable en personne. Au lieu d'appeler les flics, on devrait toutes aller la trouver et la faire brûler pour que son corps ne renaisse jamais. Cette enfant est une malédiction. Je vous dis ça. La lune ne doit pas se lever sur son corps vivant. Par ma parole, les saints m'ont à témoin, Kim doit mourir ce soir. On doit venger ceux qu'elle a tués, et on doit venger Dieu de l'offense qu'elle Lui fait par sa seule existence. »

POUR VIVRE LIBRE OU MOURIR

« Qu'est-ce qu'ils piaillent, tes voisins ! »

À Régale, Kim se met à barricader les fenêtres de la case, au cas où.

« Ils sont réveillés depuis un moment, même pas le temps de baiser, de laisser sortir le soleil, déjà ils s'agitent, ils vont bosser en ville c'est ça ? Ça me donne la gerbe cette négraille qui va trimer chez le béké. Ouais, tous pareils. Que des moutons. Il disait quoi le poète, là ? Des chèvres. Ouais, un bon troupeau de chèvres qui se bat pour un poulpe, ou un truc comme ça. C'est pas ça ? Mais si c'est ça. Bon je me souviens plus. Hé je connais pas par cœur, personne connaît par cœur faut pas déconner, et puis personne comprend et... Oh... regardez-moi ces petits chabins luisants, ces petits merdeux-là, ouais. Ils ne doivent pas avoir dix ans, ça ne travaille pas, mais ça porte déjà du Lacoste. Regardez-les avec leur chevelure et leurs chaussures dorées à scratch ! Ah les petits merdeux ! C'est beau ça ouais petits profiteurs à 40 % ! ALLEZ TOUS BOUFFER DU POULPE ! Allez ! Ouais ! »

Les voisins tendent l'oreille. Kim est suspendu. Ils claquent une porte et pressent les enfants à sortir. Kim respire.

« Je m'en fous qu'ils m'entendent. En vrai. Je m'en fous. On va me trouver de toute façon, ils vont me trouver Babylone. Ils savent faire ça les Blancs, ils sont bons pour trouver des trucs. Les vaccins l'Amérique la bombe atomique. Ouais ils ont trouvé plein de trucs et ils vont me trouver. Ils vont me trouver. Quand je suis sorti de cette maudite baraque hier, j'étais couvert de sang. Je me suis pas caché. Tout le monde a vu ma gueule cirée, mon piercing à l'œil, mes mains... Personne n'est comme moi. C'est dans leurs cordes de me trouver. Je n'ai pas besoin de me cacher, je ne vais pas me cacher. Ça fait un bail que je ne me cache plus de rien. Ils vont me trouver. Alors ils ont un uniforme, les gosses de ta voisine. C'est quoi ce délire d'uniforme ? Ils ont besoin d'un uniforme les gosses, sur l'autre bord ? Ils ont besoin qu'on les dresse à s'habiller ? Non. Qu'est-ce qui fait croire aux gens qu'on a besoin de mettre des uniformes aux gosses de chez nous ? Et ils sont fiers en plus ! Et la voilà là, la maman pimpée là, la voisine impeccable, qui lisse le crâne d'œuf de son fils. Ouais c'est bon, poufiasse, il est beau ton fils ouais. Il a pas de cheveux, il est habillé en t-shirt blanc jean bleu il a pas de bijou pas de tresses pas d'anneaux pas de tatouage. Il est parfait. Il est parfaitement blanc. Ben quoi ? T'as un problème avec ce que je dis ? J'ai pas demandé ton avis vieille peau, là. Bon. Je dis ce que je veux je suis bourré. On peut me laisser parler au moins quand je suis bourré ? Non ? Bon. Je sais ce que je dis. Je sais de quoi je parle, j'ai bossé békaille moi aussi hein. Y'en a qui n'ont pas compris que c'est fini l'esclavage. C'est pas des blagues ! Faut arrêter de se raconter des conneries. Mais ce sont pas les békés les pires. Non. Le pire c'est les Nègres qui emploient des Nègres en les faisant bosser comme des esclaves. C'est-à-dire pour rien. Donc pour moi béké c'est pas une couleur de peau. J'ai dit ils bossent pour des békés j'ai pas dit ils bossent pour des Blancs, faut pas venir me dire je suis raciste, non, *mwen pa rasis pies, pa vini di mwen ni rasism kont blan*! Je m'en fous qu'ils soient blancs là, non. Y'a des gens dans ce pays qui croient que c'est encore l'esclavage. Moi je suis l'esclave de personne, de rien, de personne. Je bosse pas pour ces gens-là. Donc je bosse pas. Donc je bosse pas. »

Pourquoi travailler? Kim a passé cinq ans à se poser cette question le matin en enfilant son déguisement de prolétaire. Pourquoi travailler? Il n'a jamais pensé que c'est en agissant qu'il trouverait sa propre liberté. Il n'a jamais compris que c'est la production de la richesse qui donne le la au monde, et qu'il faut s'y consacrer pour passer au si bémol. Il n'a jamais su placer l'énergie de sa colère dans le bon rouage de l'histoire. Il n'a jamais su qu'il en avait le pouvoir. Il lui a manqué, pour comprendre, dix ans de lectures et de sermons matinaux dans ses cours d'école, des chants et des images qui lui ressemblent dans ses albums de gosse, des histoires à l'écran qui lui disent les grandeurs des siens et des siennes, et aussi leurs délices, leurs joies, leur recherche du bonheur. Et pourtant on en a chanté des contes à la maison, on en a glorifié des mémoires, on en a frappé du tambour à chaque saison, avec Maman. Mais il a manqué de l'amour à Kim pour y croire. De l'amour de lui-même, de l'amour des siens pour eux-mêmes, de l'amour en torrents répandu dans les rues pour prouver à ces enfants qu'à l'unisson rien n'est impossible, que tout leur est offert, qu'aucun homme si puissant soit-il ne doit plus entraver leurs rêves de grandeur. Et tout ce qui lui a manqué à Kim résonne dans sa colère ce matin, dans une rage qui s'emmêle sur elle-même sur le tortueux labyrinthe d'idées éparses chipées çà et là au gré des rencontres et du hasard. Pourquoi travailler si on ne sait même pas pourquoi on est là ?

« Ah Laurent, je te dis, j'en ai vu passer du fric dans cette usine de soda. Mais moi j'y ai pas fait 100 euros d'économies. J'ai pas acheté de voiture, voyagé, investi... J'ai pas fait des trucs de grandes personnes, j'étais là à 23 ans, bloqué comme un gosse à l'étage des étudiants. Comme un gosse, j'ai juste avancé comme on m'a dit. J'ai levé le bras qu'on disait de lever, et puis j'ai baissé le pied qu'on me disait de baisser. Et puis j'ai payé ma bouffe, mon bus, et comme le bus était souvent en retard ou en grève j'ai perdu des journées. Et puis j'ai payé mon loyer. Et puis j'ai fait la fête, mais même la fête c'est là juste pour qu'on dorme, pour qu'on se taise, pour qu'on revienne le lendemain au taf. J'ai fait la fête ouais ! *Man té adan tout kannaval, tout konsè bod lanmè, tout sound system, tout swaré toutouni asou plaj lisid.* J'ai bu quoi ? Leur rhum, leurs sodas, leurs bières, leurs citrons... c'est qui eux ? Les mêmes profiteurs ! *Sé sé menn bétjé-a ek sé sé menm neg betjé-a* ! Mon SMIC il revient toujours à l'envoyeur. On n'en a pas fini avec l'esclavage, j'étais juste sur une putain de plantation où je donnais ma paye à l'économe avant la messe du dimanche. Amen !

Et j'ai fait une connerie un jour. Et j'ai été viré alors. Comme ça. Facilement. Et tu sais quoi ? Ce jour-là j'ai dit. Bon. Je suis libre maintenant. »

J'aperçois de nouveau quelqu'un dans l'ombre. C'est une femme, assise sur la rive de l'entre deux mondes. Je reconnais un signe en forme de mangue sur sa fossette droite. C'est Sidonie, notre grand-mère, qui regarde se vider les entrailles de Kim. Elle aussi, vivante, elle s'était saoulée après avoir tué quelqu'un. Mais celui-là, ce mari qui ne parlait qu'avec ses poings, il avait mérité de se faire tuer. « Pourquoi ce garçon a-t-il aussi mal ? » se demande-t-elle en dodelinant. « Qu'est-il arrivé ? » Accablé de tristesse, le fantôme penche de côté sa tête évaporée et tente de percevoir l'âme de son descendant. Et moi je ne peux pas lui parler. Et moi, je range dans une bulle de savon ma propre détresse et je m'accroche à mon désir de la prendre dans mes bras pour la consoler, lui dire : ce n'est pas de ta faute. C'est le monde qui a perdu ton petit-fils en l'écrasant de mensonges et de mythes où tout entier il était une erreur. L'enfant ne nous voit pas trembler, et il couvre de ses cris les sanglots de Sidonie :

« Tu crois que c'est fini hein ? T'y crois toi, Laurent ? Tu crois que Papa Césaire il a réglé le problème, c'est ça ? T'y crois, ah, t'es un mec bien toi, t'es un mec bien, faut respecter les morts. T'as raison moi aussi je vais respecter les morts. Je ferai ça. En attendant la vie ici c'est toujours la même comédie de gens qui profitent des autres, de gens qui piétinent les autres. Des gens qui se croient tellement blancs qu'ils bénissent la France plus que les Français ! Et toi aussi tu nages dedans, Laurent! Toi tes pieds ils sont roses tellement t'as marché sur les mares de sang. Me regarde pas comme si j'étais qu'une merde. Tu vaux pas une patate de mieux que moi. Le pire c'est que t'y crois encore avoue, tu crois que t'es en France, hein? J'en étais sûr... Tu sais combien y'a de pauvres ici ? Tu t'es déjà baladé hors de ton morne à cons avec ses villas de bourges qui savent plus fouiller les ignames? T'es vraiment, vraiment sûr que t'es en France? Je vais te dire vieux con. Ils nous tiennent, tes Voltaire et tes Montesquieu, ils nous tiennent nous, trop pauvres pour exister, trop riches pour protester. Ils nous tiennent. T'as rien fait toi, gros tas, pour qu'on se lève à nous-mêmes! Mais je sais moi, je sais, parce que j'ai cherché, que des tiens, de tes amis même, étaient prêts pour la guerre, étaient prêts pour arracher notre liberté. Mais ils n'ont rien pu faire, pas vrai? Tu veux faire quoi, David, devant un Goliath nucléaire? Jamais la France ne lâchera les Antilles, Laurent! Et jamais les Antillais ne lâcheront la France! Et ce n'est pas que leur cruauté et notre lâcheté. C'est leur lâcheté et c'est notre cruauté! Rien de bon ne sortira de ce genre de mariage là où on écrase sa femme pour tenir debout. Je connais hein, je connais comment ils pensent ces gens-là qui gouvernent, et je te dis, jamais. Jamais vos urnes à araignées, jamais vos slogans braillés, jamais vos assemblées de vieillards pudibonds et vos cours ministérielles aux airs de mont-de-piété ne foutront le feu au système. Il fallait tuer, bordel! Parce que seule la mort nous fait assez peur pour nous forcer à nous lever, pour nous forcer à résister. C'est elle qui a soulevé Haïti, c'est elle qui a assoiffé Delgrès ! Seule la mort, oui, puisqu'une manif ne sert à rien, puisque les affiches ne servent à rien, puisqu'une grève générale ne sert à rien, puisqu'un procès ne sert à rien ! Voilà mon procès ! Un bain de sang ! Parce que seul le sang rachètera le sang, et coulé sur le sol on ne peut plus ignorer le sang ! Il bave sur le monde entier, scandaleux, insupportable, puant ! Le monde doit se lever tout entier pour que ça s'arrête ! Et je serai celui par qui tout s'arrête. Mon cœur bat, Laurent ! Je suis vivant mon cœur bat ! La liberté c'est là qu'elle est, mon cœur bat ! Je vais mourir ce soir. Je mourrai libre. Vivre libre ou mourir ? La liberté est morte, on a tout essayé Laurent ! Elle est morte pour toujours. Alors, finissons-en, moi je nous tue ce soir, c'est ça, notre seul orgueil à présent ! C'est ce qu'auraient voulu mes ancêtres. J'y crois, oui. Je crois que c'est pour posséder de nouveau leur humanité qu'ils commandaient aux sorciers des graines de réglisse. C'est encore aujourd'hui notre ultime liberté, et c'est par là que commencera, encore une fois, le renversement du monde ! Il faut finir l'histoire, Laurent ! Je ne verrai pas lever une génération de Nègres rassis comme toi de plus sur mes terres ! »

Sidonie hoche la tête de côté en sifflant. Elle n'a jamais demandé que ses enfants soient en colère. Elle n'a pas demandé qu'ils lui érigent des potences et des échafauds. Ce n'est pas avec du sang qu'on lave le sang. Le sang versé sur le sol, là, ne fait qu'épaissir le flot visqueux qui colle à la terre depuis que l'homme blanc a massacré les Premières Nations récalcitrantes dans le ventre des Amériques. Et elle a raison, Sidonie. Le sang ne lave pas le sang. C'est bien un truc de mec, ça, de croire qu'on nettoie mieux avec un linge sale qu'avec une éponge propre. C'est bien un truc de mec ça de croire qu'on répare mieux en détruisant. C'est bien un truc de mec ça de vouloir prendre à celui qui a pris, de vouloir à tout prix faire dans la chair de l'autre ce geste qu'on n'a pas pu retenir du bras de l'autre.

Sidonie détourne les yeux de son fils égaré. « On croirait entendre ma mère Léonide », maugrée-t-elle en traversant les rivages des mondes pour rejoindre la terrasse de la case. Et c'est là qu'elle la trouve, Léonide, suspendue par le cou à la branche du fromager, le regard tourné avec dévotion vers la maison où prêche le criminel. Elle balance son corps liane sous la branche, et exulte dans une folie qui lui est sienne depuis sa vie même avant la mort :

— C'est toi, Man, l'accuse Sidonie. C'est toi qui as mis ces horreurs dans la tête du petit. C'est toi, vieille furie d'ignorance, qui l'a érigé en martyr. C'est toi qui l'as convaincu de suicider ce corps pour lequel tes mères se sont pourtant battues, avoue sorcière !

— Mon fils ! susurre-t-elle du filet d'air qui passe encore par son cou. Mon fils nous sauvera.

— Man Léonide. Nous sommes déjà mortes.

— Mon fils sauvera plus que nos vies, notre honneur ! Il nous sauvera.

— Égoïste ! Dégénérée ! Qu'as-tu raconté encore ?

— La vérité.

— La tienne de vérité !

— La seule !

La voix de Léonide éteint le temps pour que les deux ancêtres règlent leur question.

— La seule, poursuit-elle. La seule que je connaisse, la seule qui lui ressemble. Ma vérité, Sidonie, elle n'aura jamais de répit. Ma vérité, elle ne s'est pas noyée dans les eaux poisseuses qui passent là, sous le pont où marchent les morts. Ma vérité, elle est restée enterrée ici, sous la terre. Elle a coulé entre les pavés de Foyal avec mon propre sang. Cette vérité-là ne meurt jamais, ma fille. Le sang, ça ne brûle pas, non, ça ne part pas, le sang. C'est pour ça, c'est pour ça qu'on est pas mortes en vrai c'est pour ça, parce qu'on a trop saigné pour pouvoir traverser.

— Moi je n'ai jamais saigné, Maman...

— Foutaises! Sidonie! Foutaises! Et j'ai saigné pour toi avant toi et toutes avant toi ont saigné plus de sang que tu n'en as jamais eu dans les veines! Alors même ton sang, avant ta naissance, était déjà versé dans la terre, là. Jamais. Jamais il ne se détachera, le souvenir. Jamais ne meurt, jamais, la voix de celui qui m'a jetée dans la rue quand le premier canon nazi a fait tomber la France. Jamais ne meurt le nom de celui qui a tiré mon corps jusqu'au port. Pas plus que ne meurt le soleil, jamais, en vérité, ne meurt la lumière du bordel où a fini mon corps, *an tan Wobè*, entre le canal et le cimetière des riches, entre la fange et les voitures vernies là où le monde est si joyeux tu sais, la nuit. Ça part pas, ça revient encore, comme le soleil le matin, ça revient toujours, le souvenir! Le sang, coulé sur mon sexe froid, quand le troisième soldat en est sorti. Jamais n'est mort jamais le souvenir de ses yeux, il disait: « Léonide! Je veux voir ton sexe rose chanter la Marseillaise! » Et il a chanté mon sexe! Il a ouvert ses tripes sur la bouche malodorante tandis que l'autre qui attendait me tenait un couteau sous la gorge. Mais tire, soldat! Sabre-moi le cou qu'on en finisse! Je l'ai dit je l'ai dit! Que je préférais mourir!

— Non. Tu ne l'as pas dit.

— Et bien j'ai coupé cette gorge moi-même et c'est mon collier ce matin! Je l'ai tuée, ma tête, et personne ne me volera cette ultime liberté! Il a raison, le petit Kim! J'ai vaincu ces monstres en leur retirant mon corps! C'est le seul silence qui m'appartient! Oui, Sidonie, oui! Je l'ai dit, à mon arrière-petit-fils, que notre mort est la seule voie sacrée vers notre liberté!

— Vieille folle... Ta mort a-t-elle mis fin aux souffrances de tes descendantes? Est-ce qu'elle a seulement tué ton souvenir? Tu avais prévu, ça, de survivre à la mort, quand tu t'es tuée pour oublier? Ça a marché, le suicide? Tu as laissé qui sur terre en vrai? Un souvenir mort? Ou une enfant en vie?

— Tu n'as jamais pensé qu'à toi. J'aurais dû t'apprendre plus de manières. Ton père, il t'a gâtée, voilà. Moi, je ne vous aurais pas laissé pourrir, toi et ta fille, à vendre vos culs aux colons, à glisser dans leur monde, à chausser leurs pompes pour faire semblant. Je n'ai pas fui, c'est vous qui avez fui votre propre histoire. Moi je suis morte, mais je suis restée fière.

— Tu es folle. Et tu trahis la mémoire de nos mères en empruntant les armes et le chemin de ceux-là même qu'elle combattait. Les ténèbres qui ont mangé ton corps jadis, c'est vers elles-mêmes que tu glisses, Man. *Zafè'w pa ta'y.* N'emporte pas Kim avec toi.

— Il est trop tard, Sidonie. Si tu veux le sauver, il faut me laisser partir. *Ban mwen an ti chans, tianmay... An fwa, dé fwa.* Deux fois 36 fois. Je veux mourir, Sidonie. Je veux mourir et ne plus exister encore. Et plus rien sous la tombe, rien. L'absence. Le néant du ciel opaque et gluant et puis rien. *Sa bout*! Je pleure 72 hommes étouffant mon corps contre un sou qui sort et un sou qui rentre. Contre un toit de silence et une bouchée de terre. Contre une pièce de rien et un panier de pain sec pour moi, pour ma mère malade et toi qui vagissais ! Tue-moi, sorcière de mon sang ! Tue-moi que je ne puisse plus sentir battre ce cœur ! Ou alors je tuerai encore une fois, deux fois, deux fois 36 fois ! Tue-moi pour de bon !

Et la Pendue se balance à en décrocher sa peau sur les lambeaux tressés de sa corde. Le vent court entre les branches du fromager. Sidonie hésite à exaucer sa mère. Mais défaire le sort qu'Ayo a jeté pour les maintenir sur les rives du monde des vivants lui prendrait tout, lui retirerait tout son pouvoir. Et Sidonie a mieux à faire de son pouvoir que de soulager l'âme de Man Léonide. Elle devrait utiliser ce pouvoir à tenter de raisonner Kim. Ah elle devrait, elle devrait seulement lui parler, Mamie Sidonie. Kim l'écouterait. Kim l'a toujours écoutée. Et Kim pourrait lui dire, à elle, elle qui l'écoutait toujours aussi quand il était enfant. Si elle pouvait traverser les mondes et parler à Kim, peut-être qu'elle le sauverait. Mais dans cet instant où Sidonie hésite, elle voit s'avancer Cédric, mon fils, son dernier descendant, sur les rives de l'autre monde.

Il va traverser. Je le vois. Mon Cédric. Mon enfant. Mon amour de petit garçon. Qu'il est beau, ce corps qui s'allonge dans l'ombre en silence. Ses bras oscillent avec la douceur infinie des câlins qu'on se faisait le soir après avoir lu une histoire. Ah comme j'ai redouté cette image, et maintenant, comme je désire voir son visage ! Mais il me tourne le dos, et je ne vois que son crâne rond et les monts et les vallées des tresses que je lui ai tissées quelques jours avant son départ. Il emporte avec lui notre art. Mon fils couronné, mon fils, déjà plus grand que nous qui s'avance sans peur vers un monde dont nous ne savons rien.

C'est un enfant heureux qui va traverser. Il ressemble à Sidonie. Il a cette façon douce de pencher la tête de côté pour réfléchir. Mais pas à cette heure. Entre les mondes, son corps lesté n'hésite pas en s'avançant vers le fromager, arbre de vie et de mort, portail des sentinelles. Alors Sidonie sent qu'il y a plus d'amour derrière le rivage, auprès de Cédric, que sur la terre suppliciée. Elle ferme les yeux sur le monde du vivant, et voyant s'en ouvrir un autre sur l'écorce, elle abandonne Kim, elle saisit sa chance, rompt pour elle-même le sortilège d'Ayo et s'enfuit avec l'enfant vers l'ailleurs, sans se retourner.

Je ne croyais pas ma grand-mère si lâche. On n'est déçu que par les gens qu'on aime.

Dans la case, Kim a faim. Maintenant que l'alcool s'épuise dans ses veines, ses organes lui rappellent qu'il n'a rien avalé depuis la veille au matin. Mais Kim est assez difficile avec la nourriture. Enfant, on mangeait de tout. On n'avait pas le droit, de toute façon, de snober les plats de Maman. On ne s'est jamais inquiété ni de leur équilibre ni de leur composition. Ils avaient le goût de l'amour, c'était bien plus que suffisant. Seulement, depuis quelques années, Kim est un soldat qui place ses armes. Il ne mange rien qui ne soit pas du terroir. La cuisine de Laurent, encombrée de plastique et d'emballages à moitié vides, lui aurait coupé l'appétit si ses entrailles ne menaçaient pas de purger leur bile jusqu'au sang hors de sa gorge rêche. Alors il ravale son dégoût quelques instants et ouvre le frigo. La trêve ne dure pas longtemps :

« Laurent, Laurent ! Tu sais pas faire les courses toi. Tes réserves sont plus pourries que ton crâne. Y'a rien de bon là-dedans mon gars ! Faut arrêter de subventionner des enfoirés, hein ! Ton lait ? Tu ne sais même pas d'où il sort. Tes patates ? Chlordéconées. Ta viande en sachet ? C'est cette bouffe pour chien qu'on revend aux Nègres au lieu de la brûler. *Tou sa lajan ou ka genyen*! C'est bien la peine d'être friqué comme toi pour aller acheter les poubelles de l'Europe ! Allez. C'est ma fête aujourd'hui. Je prends du beurre Président, je vais lisser ça sur des biscottes bio. »

Kim a un instant le souvenir de sa cuisine, laissée impeccablement rangée la veille au matin, après qu'il a rassemblé ses affaires et quitté son deux-pièces à Fort-de-France. Il y a laissé un pot de confiture de goyave maison qui aurait donné à cette tartine la caresse dont là, tout de suite, la peau de ses lèvres a faim. Il aurait dû finir ce pot de confiture et puis emporter avec lui son odeur jusqu'en enfer.

Kim tartine deux autres biscottes pour Laurent et le rejoint sur le canapé. Le soleil a déjà percé la brume. Le jour vient. Le monde couvre le fromager de poudre d'or.

En faisant craquer le pain sec, Kim joue dans sa tête une lente musique, qui couvre le monde en attendant son heure. Il ferme les yeux et suit les pas soyeux de sa bouchée vers son ventre. Il sent le long de son cou la reconnaissance de sa chair et dans son estomac, l'impatience, ce sentiment-là qu'il connaît si bien. Et quand enfin la substance arrive à destination, le plaisir, jouissif, le comble et le berce. Il s'affaisse dans le sofa et arrête de mâcher. Il sent sur ses paupières un rayon de soleil traversant les barricades. Son cœur bat vite, et il cesse de respirer.

C'est toujours comme ça. Ça ne changera jamais. Le matin, quand la brume se lève et que les grenouilles se taisent, Kim redevient enfant dans une nuée de mensonges, immobile, le temps que le soleil impose la vie à cette étrange parenthèse où le monde doit s'échapper. Chaque petit matin sera donc ainsi, jusqu'à la fin de ses jours, à attendre que sa gorge se desserre un peu pour laisser passer l'air ? Kim est en apnée depuis près de 20 ans, maintenant. Il est en apnée depuis que pour ne rien faire il feignait de dormir. Il est en apnée, pour se retenir de hurler, pour ne pas fâcher Maman, pour ne pas la tuer. Pour ne pas que Maman tue son père. Il est en apnée pour laisser son père me violer chaque matin qu'il vient, et ne rien faire.

Kim n'a jamais vu la belle aurore en Martinique. Il n'a jamais vu l'obscurité s'effacer sous la coupole et les étoiles s'éteindre avec le chant des grenouilles. Il ignore la tendresse absolue avec laquelle le bleu rosit sur l'horizon avant de reprendre le pas sur les troubles orange qui strient les nuages. Et la peau de Kim couverte de frissons ne sait pas comme le matin caresse la chair et délie les paupières. Elle ne sait pas, sa peau, si l'aurore peut déposer dans le cœur de Kim les perles sucrées des jours heureux que notre terre a portés.

Pour toujours sur la peau de Kim, les rayons du soleil sont un phare aveuglant, une douche glacée, un silence étiré. Aucun remède ne pourra jamais lui rendre ses matins ni les miens. Ni ceux de Maman.

Ce soir, Kim sera entre quatre murs. Là où on l'enfermera, on ne verra pas le ciel, on ne verra pas le soleil. Le jour ne se lèvera plus. Peut-être qu'alors, Kim respirera enfin l'aube pour la première fois. Il s'imagine son martyre sous les verrous. Il n'est pas son aïeule Léonide. Il ne veut pas vraiment se suicider. Il veut un procès où parler, où parler pour la première fois, un procès pour tout raconter et une chambre sans fenêtres. Et dans l'attente de cette nuit rêvée, le jour se lève et le terrifie.

« Ne t'inquiète pas ma sœur », murmure-t-il à mon adresse. « Je suis là, et maintenant, tu ne crains plus rien. Tu vas prendre ton portable, tu vas voir tes messages. Ne panique pas, Édith, c'est moi. Je t'aime ma sœur, et tout ira bien. »

Oh mon frère, comme je te hais.

Kim tressaille, on dirait qu'il m'entend. Il se figure en vérité mon visage injecté de sang, il déborde de son monde pour se projeter dans le cœur en tempête de sa grande sœur lorsqu'elle saura qu'il a tué son fils.

« Me regarde pas comme ça ! » hurle Kim à Laurent en renversant de rage un meuble sur le sol. La vieille vaisselle qui s'y empoussiérait s'écartèle en miettes sur le carrelage blanc. Kim manque de tomber en marchant dessus, toujours saoul, toujours perdu. Ses pensées se brouillent. Ses pieds nus sont en sang. Il trébuche en avançant, plonge sur le canapé et coince son couteau contre la poitrine épaisse de son otage. Son souffle couvre de buée les verres à double foyer de Laurent. Il tremble. Et puis il recule, haletant, en le regardant.

Kim tourne le dos à l'aube et cherche en hurlant une bouée sur les murs pour sortir la tête de la vase de souvenirs où il se noie.

Dehors, il pleut.

Comme le soleil se lève à Régale, ses rayons perlent d'or la rosée. Le ciel offre à Kim un répit de fraîcheur avant que la broussaille, comme une cocotte-minute, ne l'enferme dans une brume tiède et collante. « Bientôt on va suer comme des cadavres frais. La peau glacée, mais le sang encore chaud. J'ai le cou qui colle moi, déjà. C'est l'alcool, ça. L'alcool, ça donne chaud. » Kim tord son t-shirt trempé et fait respirer sa poitrine dans le serein.

Là sur son corps à demi-nu, la sueur glisse sur des reliefs qui ne lui appartiennent plus. Et pourtant il le cherche, son corps, pour y retourner, là où dans l'enfance il pouvait encore exister, là, avant que Laurent, son père, n'écrase mon sexe. Il veut retrouver ce corps d'homme qu'il sentait enfant juste en fermant les yeux, redevenir le fils de sa mère, et cesser d'être celui d'un violeur. Mais quand il ferme ses yeux, Kim voit ce gosse figé, ce gosse qui n'a rien fait. Et tuer Cédric n'a servi à rien. Et l'alcool non plus n'a pas dissous cette bête immonde qui campait dans sa poitrine. Le monstre est toujours là. Alors son couteau à la main, Kim regarde Laurent et sourit d'avoir entre ses mains la vie qu'il lui faut arracher pour récupérer la sienne.

RÉGALE

« Je n'ai pas oublié ma blessure. Je l'ai déposée sur les rebords du monde. Nous faisons toutes cela, c'est ainsi que nous survivons. J'ai pris mon corps, je l'ai porté au seuil de la mort, et je l'ai déposé là, auprès de ceux que mes ancêtres avaient déposés là avant moi. Et puis les Souffles m'ont ramenée dans la vie et depuis, je survis. »

Extrait d'une lettre d'Édith à son frère

POUR SON HÉRITAGE

Un après-midi de vacances, sur la terrasse de Régale, Maman me fait des tresses. Elle fredonne un air sans paroles qui intrigue sa commère et que Kim connaît. Kim le récite en silence, pensif, en attendant son tour. Il doit avoir sept ans, et coincé dans ce corps dit de fille qu'il comprend mal, il cherche sans cesse les mains de Maman, cette peau chaude et dense à la pulpe précise qui pianotant sur la sienne lui donne sa consistance. Pour l'heure, les doigts magiques de Maman s'affairent sur mon crâne avec une célérité fascinante.

Moi, je fixe un pot débordant de bougainvilliers avec des yeux de manicou. Je n'entends rien ni aux chansonnettes ni aux incantations de Maman. Je me tiens assise à terre entre ses jambes, le dos bien droit, les bras autour de genoux fébriles. Je ne suis pas comme Kim, moi. Je déteste me faire coiffer. Ça me fait mal. Ces mains, tout le temps sur mon crâne, me font mal. Je réclame souvent à grands cris qu'on me défrise les cheveux comme toutes mes camarades du collège dont, paraît-il, les poils lisses ne connaissent jamais la souffrance, et Maman n'a pas de mots assez durs en réponse pour les parents de ces enfants-là, jurant d'un *tjip* inondé de mépris qu'elle vivante, on ne mettra pas de soude sur le crâne de ses filles. Alors je garde ma belle tignasse de cheveux grennen, et Maman la coiffe. Maman la sectionne, la peigne, la tourne entre ses doigts et ça fait des œuvres d'art. Kim me regarde souffrir sous ma couronne. Ça l'agace, que j'ose me plaindre entourée de serviteuses.

Assise dans un hamac en toile épaisse en face de moi, Marraine se balance imperceptiblement et plisse les yeux d'un air sérieux en écoutant Maman lui raconter un milan. Marraine lui rend approbations et reproches communs d'un mouvement des lèvres, à chaque moment opportun. Marraine est une vieille amie de Maman, assez proche pour nous traiter comme ses propres enfants, assez éloignée pour ignorer nos secrets les plus intimes. C'est une femme débrouillarde, de celles qui n'ont jamais vu une fiche de paie mais qui ont fait tous les métiers. Et au fil de ses jobs, elle en a vu du monde, Marraine, des maisons bancales, des familles mosaïques et des affaires *an ba fey* qui n'ont de légales que leur numéro SIRET. J'adore l'écouter raconter l'histoire de notre tout-monde. Ça me change des fantômes des sortilèges et des cauchemars du quotidien dessiné par Maman. C'est la Marraine de Kim, mais elle est assez généreuse pour nous couver tous les deux. La mienne, un avion l'a emmenée en France un jour, et elle n'en est jamais revenue.

Maman attrape des petits cheveux près de mon oreille, les tire et je pousse un petit cri aigu en soutenant mes racines de peur qu'elle ne les arrache. Maman ne prend pas la hauteur de mes suppliques. Elle tresse en quelques secondes une arabesque sur mon crâne et couvre ma voix en parlant avec Marraine d'une affaire d'héritage. Kim n'écoute rien. Il n'a jamais rien voulu savoir de l'indivision. Mais moi, ça m'intéresse. J'arrête de pleurnicher, et je demande.

Je demande qui a construit la maison, cette maison où nous vivons toutes les trois. « De quoi je me mêle ? » peste Kim entre ses dents. « C'est votre arrière-grand-mère Léonide qui a vécu là la première », répond Maman. « Elle avait une case sur le terrain, au niveau de ma chambre. »

Et puis j'ai besoin de demander qui était l'arrière-grand-mère, ce qu'elle faisait dans la vie et avec qui... c'est efficace mon truc : Maman lâche mes cheveux pour pouvoir raconter. Je soupire, soulagée.

Marraine dit : « Marie-Magdeleine, la mère de votre pauvre Léonide, c'était la voisine de mon arrière-grand-mère. Elle était amarreuse dans un champ de canne, à l'époque où les distilleries tournaient à fond dans le sud. La Première Guerre mondiale, ça leur a donné soif, aux Blancs ! Alors dans ces années-là, ça ramassait. *Tout neg té ka ralé kann.* C'était pas l'esclavage hein, mais c'était dur. Alors elle a eu beaucoup de chance, la Marie-Magdeleine. Un jour un homme blanc est passé sur la plantation et il est tombé amoureux d'elle, flègèdè. Ils ont eu un enfant. C'était votre arrière-grand-mère, Léonide. Comme Marie-Magdeleine était pauvre, la famille du monsieur a préféré élever Léonide près de la ville, et c'était bien pour elle ! Alors Léonide est allée à l'école.

Maman dit : « C'est vrai, mais Léonide n'a pas pu rester en ville quand elle est devenue plus grande. Et lorsqu'elle est retournée dans le quartier ici c'était compliqué... Ses camarades étaient noirs, bien noirs, incultes, et jaloux. *Épi an tan Wobè*, pendant la Seconde Guerre mondiale, avec les pénuries, il n'y avait pas assez pour nourrir tout le monde, alors... »

Marraine s'empresse de reprendre : « Alors Léonide est retournée en ville. Elle a trouvé un travail avec les militaires français. À la Libération, un soldat l'a séduite, c'était un Martiniquais, hein, pas un collabo. Votre Mamie Sidonie est née et Man Léonide et elles sont revenues vivre à Régale dans les années 1950. »

Kim, qui boit les paroles des grandes personnes comme on regarde une série B, est alors sorti de sa rêverie par une cacophonie de voix hurlant en français, en créole, des voix venues de l'autre monde qui soufflent assez fort pour atteindre les vivantes. Elles crient :

« Voilà ! C'est tout ce qu'elles ont trouvé à dire ces deux makrèl ! » « *Sé sa yo té pou ba ich-la, sé sa yo té lé matché an venn-li, sé sa yo té pé lésé an fondok fal ti manmay-lan* ! » « Buvez ça ! Buvons le petit lait d'une petite vie de *self made poto mitan* ! Mettons du talc sur leurs fesses cacao, on a un ancêtre blanc les amies, un gentil, un bon, un amoureux ! Oui madame ! »

« Foutaises ! » « *Bann ipokrit...* » « *Sé pa zot ki té ka valé tout grenn zwézo-a* ! » « *Asé di ! Sé timanmay-la pé ké jan séré an listwa bèkèkè kon tala..* » « De l'amour ? *Tjip* ! » « *An lélékou yo ka krié lanmou* ! » « Jésus Marie Joseph pardonnez-leur, elles ne savent pas ce qu'elles font... » « *Tjip* ! » « *Lésé sé fanmi sent la épi ban nou an ti wouspel pou yo pé soukwé tjou-yo anlè latè, sakré malfini*! »

Kim se lève, tourne la tête, cherche les voix. Maman fixe sa cadette l'air grave et se dresse à son tour pour poser une main rassurante sur son épaule.

La main de Maman. La peau retrouvée. Le corps récupéré. Kim n'entend plus de voix. Kim rejoint le monde de Maman, qui l'aime, qui lui sourit. Le monde où les femmes de sa famille ont gravi les échelons de l'existence armées de courage, de fierté et d'amour. De l'amour. Maman offre de l'amour à Kim. Kim l'écoute, et se rassoit.

Plus tard, dans la nuit, dans une de ces insomnies où Kim veillait pour s'assurer d'être profondément endormi au petit matin, la dispute des fantômes agite tellement les frontières des mondes que Kim s'assoit dans son lit pour mieux les écouter. Il fait alors seul le voyage que j'ai appris à faire en longues séances avec ma mère. Il ne le fait pas bien, alors il s'y reprend plusieurs fois et quand enfin il aperçoit les voix, il s'y accroche et les garde serrées contre son âme comme un rempart contre les démons du matin.

Depuis, les voix ne quittent plus Kim, mais il ne parvient jamais à leur parler. Kim aime cette compagnie agitée qui s'énerve dans sa conscience de temps à autre. C'est comme cela que dans une commune ignorance, les filles d'Ayo ont accompagné mon frère pendant toute son adolescence.

Je ne savais pas que Kim entendait nos ancêtres. On n'en a jamais parlé. Moi aussi, je les connais, et je les connais mieux que lui. C'est parce que je les connais, parce qu'on me les a racontées et que j'ai écouté que moi, je ne suis pas folle aujourd'hui.

La plus bavarde, c'est Célestine. Elle a grandi à Régale après l'abolition définitive de l'esclavage et y cultivait des plantes médicinales. Elle a reçu cette science de son père, le fils d'Ayo, et du peuple marron qui l'avait élevé dans les hauteurs des mornes. Avec lui, Célestine s'était enfoncée plus loin dans les forêts qu'Ayo de son vivant. Alors Célestine connaissait chaque pousse de cette terre, chaque minéral, chaque eau et chaque effluve. Nous ne savons pas de quoi est mort son père, mais c'est à son chevet que le fantôme d'Ayo a trouvé Célestine dans la forêt de Régale en 1855. Et c'est à elle qu'Ayo s'est adressée pour la première fois depuis l'entre deux mondes. Célestine est la première descendante à avoir été initiée par le fantôme. Alors, Maman disait de Célestine qu'en apprenant d'Ayo la magie kongo, en la mariant aux savoirs de la terre hérités des Kalinagos et des marrons, Célestine était devenue la plus puissante des guérisseuses des Antilles. On la consultait de loin, par mots ou par magie, pour concevoir des rituels, oindre des sanctuaires, guérir la mort et enlever la vie. Elle était le temple des âges que les Blancs voulaient nous effacer, la mémoire de nos transes guérisseuses et de nos rencontres. Mais l'âge montant, la peur de la mort et de ses sentences avait amené Célestine à enterrer ses miracles dans le silence, un silence envahi par les louanges et suppliques à un Dieu qu'elle n'avait jamais vu. Avec elle murmurant à son esprit, Kim a appris presque tout l'Évangile : aucune intervention d'outre-tombe de Célestine ne s'achève sans une mention du texte sacré, immédiatement suivie d'un *tjip* unanime poussé par ses propres descendantes.

Marie-Magdeleine, ladite bienheureuse baisée par un économe dans la plantation pendant la Grande Guerre, est la première à blasphémer aux suites des effusions christiques de sa propre mère. C'est aussi la meilleure chanteuse de biguine et une makrèl intarissable sur la vie sentimentale de la cité Martinique. Mais la plus véhémente, ç'a toujours été Léonide, la fille de Marie-Magdeleine. Pute des soldats français pendant la Seconde Guerre mondiale, Léonide hait la moitié aux graines pendantes de la planète et de celle-ci la leucoderme avec un peu plus de fermeté. Les Mulâtres ne sont pas en reste, et les Nègres non plus, pour leur complice silence. Elle est devenue experte en malédictions, assez puissante, semble-t-il, pour transpercer les garde-fous qui protègent de la colère irascible des mortes ceux et celles qui leur ont survécu.

Cependant, Kim n'a jamais entendu en songe ni Ayo son aïeule, dont parlent souvent les fantômes pourtant, ni Sidonie sa grand-mère, parce qu'il l'a connue vivante.

Un jour de ses 14 ans, Maman vient voir Kim dans le jardin et lui demande s'il souhaite parler à Ayo. Kim fait semblant de ne rien comprendre. Maman n'insiste pas. Elle pense que le sortilège de la sorcière kongo s'affaisse encore et s'en réjouit. La sorcière avait promis à Ayo qu'elle n'aurait aucun enfant en esclavage. Elle a tenu parole : Ayo a eu un fils dont on ne sait rien mais qui est mort Nègre marron. Ses descendantes n'ont eu ensuite qu'une seule fille à la fois, héritière de la magie d'Ayo. Le don consumant toute l'énergie matricielle, jamais cette lignée n'a élevé de fratrie. Maman est la première à avoir eu deux bébés, qu'elle a désirés. C'est la preuve selon elle que le sortilège s'abîme. Elle n'a jamais pensé que c'était la preuve qu'il se renforçait. Elle n'a jamais pensé qu'elle avait transmis deux fois la magie. Elle pense au contraire que sa petite Kim est sauvée, que moi, sa fille Édith, j'ai déjà tout absorbé en naissant. Elle pense qu'il n'est pas nécessaire d'imposer à deux enfants une initiation. Mais Maman demande tout de même si Kim entend les Souffles. Son silence confirme sa théorie. Alors elle embrasse tendrement sa fille sur le front et s'éloigne, sereine, emportant avec elle son histoire et ses secrets. Maman s'éloigne, mais Léonide, qui suivait de loin la scène, comprend que Kim n'a pas dit la vérité à sa mère. Alors Léonide fond vers l'enfant, maintient ouverte la porte poussée dans la conscience de Kim et y entre. Elle s'installe dans l'esprit affamé du petit. Elle fait son nid dans l'absence de réponse laissée par Maman. Et pendant les jours, les mois, les années qui suivent ce rendez-vous raté dans le jardin, Léonide cultive en Kim la haine, patiemment. La haine, c'est une réponse simple à des questions compliquées. La haine, c'est une voie facile à suivre pour les êtres abandonnés dans le labyrinthe d'une histoire mensongère. La haine, Léonide l'offre à Kim en bonbon à sucer quand il a faim de savoir. Quand Kim a soif de mots, Léonide lui montre les images des siennes mourant au supplice bâillonnées et pendues aux branches des fromagers. Là où il a soif de courage, elle lui raconte les cavales des esprits rendus fous à travers la forêt, chassés par les chiens. Là où il a soif de sens, elle lui coule dans la gorge le sang versé par ses ancêtres pour qu'il puisse exister. Alors Kim a soif de sang. Et comme Maman ne dit toujours rien, comme Maman ne propose rien d'autre d'intéressant, Kim appelle Léonide chaque fois qu'il a soif, pour qu'elle lui donne encore du sang. Et Léonide en a beaucoup, beaucoup à lui offrir.

POUR PROVOQUER UN CYCLONE

Avis de tempête sur le morne Régale, l'eau se faufile dans la maison de Maman entre les joints rongés par le temps. Elle grignote l'enduit fripé sous la tôle décrépie et les gouttes d'eau frappent sur le toit une cadence sans trêve. *Lapli si tol* n'est plus une chanson d'amour : c'est une mitraillette. Elle a sorti du lit la famille entière, groupe humain épars qui se découvre tribu quand vient la menace.

La nuit ne veut pas se taire. Elle impose au monde son terrible discours. L'orage gronde au loin, par là où le monde s'éveille. Les lueurs encore vives de la maison courent de la chambre au salon pour couper les ruisseaux qui s'engagent entre les carreaux. Les enfants jouent dans les flaques près de la télévision et poussent pendant l'orage des cris stridents.

Le concert assourdissant de l'eau du ciel étouffe les cris du voisinage sinistré. On ne peut pas aider des gens qu'on n'entend pas. Et puis la maison coule. Et puis la maison presse. La course contre le temps épuise les grandes personnes. Elles épongent à grands frais les mares souillées qui abîment les meubles chers posés dans le salon. Elles sauvent ce qui peut l'être : les photos les livres les disques durs les fringues les DVD la console. On laisse glisser à terre une dame-jeanne où macérait le shrub pour Noël au temps où Mamie Sidonie était là, au temps où elle racontait les cyclones passés et la vie de ceux et celles qu'ils avaient emportés. On enlève de la pluie les photos d'elle et on entasse sous les portes ses draps en dentelle, ses jupons de madras les pantis les carrés pour amarrer les reins ; on les jette sur le sol qui vibre qui gronde qui crisse sous le tonnerre. Maman sèche obsessionnellement dans sa chambre une fresque africaine peinte sur son mur. Elle a peur qu'elle s'efface. Je l'aide : c'est la porte du rivage de l'entre deux mondes.

L'enfant crie. L'orage le réveille. Ses sœurs et cousines dansent autour de son berceau. Les parents se fâchent. On court en criant les uns pour rire et les autres pour que l'ordre revienne. Et vous taisez-vous marmaille insolente, restez assis dans un coin, assis j'ai dit, *pé*! Tant que passe l'orage.

La tempête tropicale revient presque chaque année. Elle fait trembler les murs, elle soulève les eaux croupies des fonds. Elle fait entrer dans la maison en pleine nuit les hordes de mygales qui font peur aux plus grands et qui fascinent les enfants. Et quand le courant saute et qu'on allume les bougies pour voir passer le temps comme il passait avant, les adultes apaisés racontent aux enfants les histoires effrayantes des jours bien plus sombres où la tempête s'était levée pour eux en cyclone. Alors les enfants rêvent d'un cyclone.

Et leur cœur bat vite.

Maman chante dans la cuisine. Elle monte à la maison une fête d'une extraordinaire démence. Je reconnais ce jour où elle a fichu notre père à la porte pour toujours.

Kim a 15 ans, je crois, moi je passe mon bac, et en invitant toute notre camaraderie, on n'égale pas à deux en nombre et en désordre les copines de Maman. DJ, petits fours, grillades, lasers, boule à facette, les meubles des ancêtres sont coincés dans un rebord du salon changé en discothèque, et sur la terrasse se succèdent tables de domino, open-bar, jeux de cartes et coins de débats bruyants et alcoolisés où on se perd entre politique, anticolonialisme et recettes de shampooing à base de fleur de coquelicot. Bien trop serrée dans un jean taille basse et un top à lacets qui soulignent les rondeurs de ses seins et de son ventre, Maman virevolte entre ses danseurs et ses invitées en parlant fort et en gouvernant la terre entière. On écoute Perle Lama, on danse sur Kassav, on pique des mazurkas et les ados tentent vainement d'exister dans la fête en occupant les sessions zouk avec un semblant de sensualité qui fait ricaner les quadra célibataires en pleine fête nationale.

Kim et moi, on célèbre toute la nuit, la semaine, l'année. On garde la date écrite dans le calendrier. Quand je pars étudier au campus de Schoelcher, Kim m'appelle au téléphone chaque 22 avril pour en reparler, de cette fête, de cette fin, de ce début, sans jamais dire de quoi ç'avait été la fin. On reste là juste en silence, un moment, laissant de la place pour la respiration des mortes. Et puis comme je perçois le déchirement de son corps, comme il me ramène au déchirement de mon corps, comme je n'ai pas su recoudre sa déchirure, comme ce n'est pas à moi de le faire, je murmure à l'oreille impatiente de Kim pour le faire vivre encore: «Car c'est dans les racines de tes cheveux noirs qu'est gardée la puissance. Car les tourbillons de tes boucles sombres codent notre secret. Car dans la tempête de tes mèches montantes se brisera le sceau du silence.»

POUR REVENIR DE L'EXIL

Kim passe son bac. Et on le met dans un avion. On ne lui a pas demandé. On ne lui a pas proposé. C'est prévu comme ça. Il y a un endroit où c'est écrit qu'on doit faire ça comme ça. Kim passe son bac et puis il va entrer dans un avion blindé de gens comme lui qui ont passé leur bac. Les jeunes ont rêvé de partir, pour cesser de s'emmerder dans ce trou. Rien ne peut les retenir, avides comme des chiens tenus affamés des mois et lâchés le même jour devant une carcasse de bœuf charolais.

Quand on était petites, Maman disait à ses amies :

— Y'a pas de travail ici, qu'est-ce que tu veux qu'Édith et Kim fassent en Martinique ? Elles vont pas rester là à zoner dans les rues en attendant leur prochain CDD, non ! Y'a pas de travail, et quant à l'université ? *Tjip* ! Un club de vacances, *an lékol volèz*. J'ai pas nourri ces gamines pour qu'elles végètent ici.

Moi j'ai marronné après le bac. Je suis restée.

Mais Kim avale tout ce que dit Maman comme Célestine boit les paroles d'Évangile. Il n'envisage pas une seconde de faire autre chose. Alors son bac-sésame en poche, avant de sauter dans l'avion, Kim et ses amis boivent la vie de jeunes de Martinique en une gorgée, puisqu'on ne leur laisse pas le temps de siroter la bouteille. Un mois pour faire le tour des yoles, baiser sur un bateau, baiser pour la première fois, se saouler, ou faire comme si on y arrivait, sortir en boîte, dans toutes les boîtes, jusqu'à ce que tout l'argent offert par Marraine pour s'installer dans le pays magique se dissolve dans l'alcool et la frénésie. C'est le Souffle de Célestine qui se balade dans les heures dionysiaques de son descendant. Elle désapprouve, bruyamment, tout en regardant. Marie-Magdeleine, elle, applaudit en cadence la meilleure vie de cet être émancipé des sermons inutiles de vieilles fanatiques misogynes telles que sa mère. Les babillages des deux dames dans l'au-delà font rire Kim aux éclats au cœur de ses ébats.

C'est pendant ces nuits décousues que Kim a jeté le verbe et trouvé son langage, mais il ne me l'a jamais raconté en détail. La mère de Léonide ne peut se retenir de m'emmener devant ce jour initial, pour m'aider à défaire les nœuds des silences de mon frère. Alors je retrouve Kim et ses amis dévalant une falaise du nord de la Martinique, en tenue de soirée. Leurs rires se mélangent à des cris de victoire, des hurlements d'espoir et des râles de gloire. Évadés d'un concert enfumé, atterris sur une plage de sable noir, les enfants balancent sur le rivage leurs habits de société et entrent nus dans la mer. Kim court devant et plonge dans les profondeurs silencieuses, là où le monde se tait. Son corps flotte, se dissout, disparaît, et le courant dessine au lieu de sa peau les contours de son âme. Kim se noie avec son héritage. Kim se noie loin de son enfance, de ses matins, des viols, des mensonges et des silences. L'eau salée pénètre ses poumons et envahit ses veines, jusqu'à dévorer le passé.

Là, sous les auspices célestes et gris, buvant la tasse d'un nouveau baptême en compagnie de frères choisis, Kim sort la tête de l'eau et vomit son propre nom. Le monde éclate alors devant ses yeux plissés. Les tambours au loin battent au rythme de son cœur. Kim laisse ses amis se chamailler dans l'écume. Il court sur le sable. Mais hors de l'eau, sa peau le harcèle, son sexe coule et ses seins rebondissent contre lui. Alors il hurle, il les empoigne et il les tire de toutes ses forces, convaincu désormais qu'il lui faut juste les arracher ! Sa peau violacée se tend en résistant et il tire encore quand Marie-Magdeleine crie : « Arrête ! Mon fils ! »

Il arrête.

« Kim. Je sais que tu m'entends. Allez, bonhomme, lève-toi ! On rentre à la maison. » Kim cligne des yeux en reprenant son souffle. Ce n'est pas la voix d'un fantôme qu'il entend, c'est l'alcool peut-être qui le trompe. Ses amis sont là, ils lui entourent les épaules et debout devant lui notre voisin, Sébastien, lui tend la main. « Tu es un homme, Kim, arrête tes conneries. T'as rien à prouver à personne. »

Dans l'au-delà, Célestine chante des Ave Maria et ses consœurs trinquent à l'eau de mer à la santé de Kim.

Le budget soirées épuisé, Kim et ses potes traînent leur mois d'août à faire du stop. Aller à la plage, c'est une expédition interminable où se creuse l'abîme de leur ressentiment.

Entre deux trajets assis à cinq dans de généreux pick-ups, la bande crache sur le bitume sa rage d'être là, sa colère contre tous ces politiciens inutiles incapables de construire un réseau de bus correct, contre toute cette bande de parasites sous perfusion qui sucent les impôts de leurs mamans pour construire une piscine, mais qui ne savent pas mettre de l'eau dans tous les robinets. Là, les jeunes gens se jurent sur un bord de route brûlant de ne jamais, jamais revenir sur ce caillou où on crève la gueule ouverte avant de voir passer un bus, où on paye un salaire en tickets trajet chaque mois pour le luxe d'aller étudier des trucs qui ne servent à rien et qui ne rapportent pas d'argent dans une université vide. Il faut se lever à six heures pour arriver à la plage des Salines avant midi en stop. Ça donne le temps de causer. Assis sur des épaves de béton à attendre une voiture, Kim partage avec ses potes des questions idiotes qui font passer le temps. Les Souffles m'arrêtent sur celle-là, quand Kim demande à ses frères de savane :

— Finalement, c'est quoi être un garçon ?

— Oh, mec, soupire Sébastien, tu vas pas recommencer ?

— Non non mais les gars sérieusement, moi je me suis posé la question mais vous, vous avez pas mon histoire alors c'est quoi pour vous en vrai ? Un bout de chair qui pend entre les cuisses ?

— Pff, mais non, lui répond Sébastien en lui bousculant l'épaule. Kim, être un mec c'est plus que ça. Y'a des gens qui ont des graines et qui sont pas la moitié d'un bonhomme.

— Ça c'est vrai ! renchérit un de nos cousins.

— Un homme un vrai, tu le reconnais quand tu passes dans la rue.

— Et ça donne quoi ?

Le silence accuse. Kim attend. Son ami plisse les yeux, il dit :

— Un homme un vrai, il a une arme sur lui.

Et Sébastien la sort de sa poche. Le cœur de Kim fait un bon.

— Tu ne sais peut-être jamais que t'es un homme, lui dit Sébastien. Mais t'es certain que t'es un homme quand t'as piqué quelqu'un. Et que tu t'es pas fait prendre.

Les gamins se toisent dans une terrible attente. Personne ne dit rien. Il faut pourtant rompre la sentence. Le cousin tape dans le dos de Kim en se levant pour héler un pick-up et il balance à Sébastien en rigolant : « Hé, si tu te fais pas prendre, personne saura jamais que t'es un bonhomme, *sakré makoumè* !

La bande s'éparpille en jurons et Kim suit, pensif. Au bout de sa rêverie, il atterrit sur cette plage, un ballon de volley, une bouteille d'eau de coco, les maillots aux bras. Les jeunes gens en partance cessent de s'insulter. Et regardent la mer.

Dans le bleu, calme et souple, les algues s'étirent. Elles amènent à la terre des vivants les Souffles des gens qui se sont noyés au large. Ce peuple est millions. Leurs os sont tombés dans les profondeurs des abysses, là où une autre vie avale les restes de notre monde. Les volcans des tréfonds ont digéré de ces corps le calcium et l'ont réduit en poudre. Et voilà ; les courants l'ont porté jusque-là.

Sensible à l'écho d'une plainte lointaine, Kim tombe devant la mer et essaie de comprendre. Du sable crisse sous ses genoux et lui perfore la peau. Ses mains posées dans la braise, il soulève le monde qui s'écoule en grains. Secs. Kim entend dans le bruissement de ce sable des Souffles qu'il ne comprend pas. Il ne parle pas leur langue. Il ne sait pas vraiment les entendre. Et pourtant elles crient ces âmes, entre les mains du sorcier qui s'ignore. Et quand le dernier grain lui échappe des doigts, Kim se relève de l'écume et s'en va. Et la terre garde dès lors dans le silence le résidu des enfants apatrides oubliés sur la plage.

Kim et ses amis pourraient voir, pendant ces vacances, que c'est bien, quand même, la vie en Martinique. Les jeunes adultes, ceux qui ont de l'argent et une voiture, ils les voient sur les plages. Ils sont frais. Un jour, les yeux de Kim s'échouent sur des épaules rondes roulant sous un amandier de mer. Il en suit les volutes et glisse ses yeux sur des bras agiles. Ils servent un colombo à toute une société de gamins et de vieux en roulant des hanches sur un son de Kassav' indémodable. Kim bouge les siennes en rythme avec cet être qui l'appelle, sans s'en apercevoir, et devise les dunes et les vallées de ce dos coulé de sueur qu'il eût aimé explorer. Il serait bien resté danser.

Ce jour-là dans le pick-up retour, Kim a un doute. Un poids, un tiraillement, le sang coupé qui n'avance pas. Peut-être aurait-il pu sentir sur la plage les morts sortant du sable pour lui saisir les chevilles et le plaquer sur le sol des siennes. Mais il n'est pas assez éveillé aux Souffles pour les avoir remarqués. Le doute incompris, il garde pour lui la musique la mer le colombo la sensuelle promesse et les rires des enfants comme un secret. Et il fait ses valises.

Le matin du départ, avant de prendre l'avion, Kim descend en ville avec Marraine. Marraine, c'est sa maman des galères et des jours importants. Depuis l'enfance de Kim, elle lui offre obstinément, au grand dam de Maman, des friandises venues du froid, des poupées Barbie et des livres gnangnan. Parfois, pour rire, Maman dit qu'elle aurait dû choisir pour ce rôle une de ses cousines, au lieu de prendre le risque de confier ses filles à quelqu'un qui manifestement ne partageait pas ses valeurs. Alors Marraine rit aux éclats et prend Maman dans ses bras. En vérité, Maman sait que l'amitié vaut plus que le sang, qu'aucun lien dans la vie ne rapporte davantage à une femme que celui qui l'accroche à sa meilleure amie. Et malgré l'amour et la complicité qu'il y a entre ces deux femmes-là, et malgré toute la confiance que Kim peut porter à cette femme-là, Marraine ne sait rien des choses graves. Kim l'aime pour cela, pour les jours dociles passés à ses côtés sans qu'un instant ne vienne le ramener à ses cauchemars du matin. C'est pour cela qu'il ne lui dit toujours rien.

Après avoir récupéré de nouvelles mèches aux boucles rousses pour son prochain tissage, Marraine achète à Kim un pendentif plaqué or, en forme de Martinique. Le soir à l'aéroport, il le porte contre son cœur, au bout d'une chaîne où s'accumulent les amulettes chrétiennes depuis sa naissance.

Une fois dans l'avion, dans la fusée direction le paradis terrestre, Kim pleure en tournant la tête vers les hublots, pour que personne ne le voie.

Ça, je ne le savais pas.

C'est peut-être là-bas, dans ce pays autre, que Kim est devenu l'étranger, là où les paradis artificiels attirent comme des mouches à miel les enfants en haine de leur propre corps.

POUR QUE MAMAN SOIT FIÈRE DE LUI

Je retrouve Kim à Nanterre. Il a 18 ans. Il aime bien être en France. C'est loin. C'est une porte facile à ouvrir vers un ailleurs loin. Et ce n'est pas difficile de s'y laisser balader : c'est ce qu'il faut faire quand on part, aimer la France. Aimer leur vent leur froid leur ciel leur bouffe leurs musées leur musique et leurs femmes aux jambes fines. Kim aime bien la France : c'est très beau, la France.

Mais qu'est-ce qu'il y a froid. Et les remèdes alcooliques de ses camarades du Nord ne sont pas convaincants contre cette affaire-là.

— Comment ils font, hein ? Ceux qui émigrent au Canada ? demande-t-il à Sébastien pendant la traditionnelle tournée des bars de rentrée.

— Peut-être que la chaleur des gens, ça les apaise. Il paraît qu'ils sont sympas, les Québécois.

— Ou peut-être qu'ils boivent encore plus que les Français !

Malgré les tentatives de débauche qu'il a commises avec Sébastien avant son départ, Kim n'a jamais vu autant d'alcool qu'à Nanterre. Cette nuit somme toute routinière a étalé plus de cadavres de bouteilles et de gens saouls devant lui que dans toute son enfance. Même à la grande fête du célibat, il n'avait jamais vu, avant cette nocturne étrange de danse en équilibre et de rires égarés, des gens vomir d'alcool dans un caniveau, en rigolant. « On dit qu'on se saoule en Martinique, mais ça, c'est des bêtises », me raconte-t-il effaré le lendemain, au téléphone. « C'est eux qui boivent, les Français, ce sont eux qui ne savent pas boire ! »

Moi, j'ai fait ma troisième rentrée au campus de Schoelcher, en Martinique. Je suis restée sur la terre des miennes, par conviction, et puis parce que je veux poursuivre mon initiation, celle que Kim ignore, mais que j'ai le devoir d'achever là, de ce côté de l'océan. Je n'aurais jamais laissé Kim partir étudier en France si j'étais sa mère, mais je ne suis pas sa mère. Alors quand il m'appelle, quand il zanzolle au téléphone entre fureur et fascination, j'essaye de taire ma propre révolte pour le rassurer, de trouver en roulant des yeux derrière mon combiné les mots tendres pour l'encourager à rencontrer à partager à douter à s'ouvrir à renoncer. Je ne vois pas sous ses silences poindre la colère. Et je garde dans mon esprit, entre autres ellipses mortifères, les mots qui pourraient tendre à mon frère la main qu'il réclame. J'aurais dû lui dire ce que je pensais alors, je lui aurais dit : « Ils nous savent mieux que nous. Ils disent de nous ce qu'on doit être nous. Ils disent sois jaune et tu deviens paille. Ils disent tu es saoul et déjà t'es gris. Le ciel est jaune à travers sable aux Antilles, mais il est bleu parce qu'ils l'ont dit. La mer pue comme le sang caillé aux Antilles, mais elle est cristalline comme ils l'ont dit. Et le sang des Tropiques est purulent, mais il est chaud et doux dans la gorge de l'autre qui sait tout. Et toi mon frère fous-t'en de leurs yeux qui te fixent dans le noir. Fous-t'en, tant que tu sais qui tu es. »

Mais moi aussi, comme tout mon monde, j'ai tué ma colère dans ma gorge pour l'en protéger. Pourtant c'est bien dans nos silences que germe la haine des enfants égarés.

Finalement c'est beau, Paris. Kim aime, à Paris. Des amis pour la vie, des souvenirs de fête à pleurer de fou rire, des musiques drôles qui ne touchent pas son cœur et une fête éternelle où oublier le froid les odeurs le racisme les contrôles les galères, les cours d'anthropologie où le seul humain véritable et pensant semble avoir une couleur différente de la sienne. Il pourrait rester. Il vit en coloc' dans un *toufe yenyen* à Denfert-Rochereau, un F2 de la taille d'un studio. C'est tout petit, mais c'est Paris et bon sang... quand il ne pleut pas, quand il ne fait pas trop froid, quand on marche dans les rues en prenant son temps, quand on est amoureux à en être cons, Paris...

La tendresse, Kim l'y cherche comme un junkie fouille sur le sol le crack dans les rues de Foyal. Il l'attrape alors au milieu du vide, il sort de l'eau et il respire. Mais les cailloux de cristal se font plus rares à mesure que le soleil se cache. Il faut alors regarder dans les yeux les flots incompressibles d'une humanité perdue dans les dédales de sa propre richesse. Car même dans les recoins étriqués d'une rame de métro, entourés de visages hypnotisés, les gens amoureux trouvent à Paris un monde où disparaître et se retrouver.

Kim demeure souvent là sur un siège, oubliant son arrêt pour les boire de loin, ces couples évadés qui cueillent en chemin les soupirs de l'autre, le regard de chacun. La main faufilée entre les passants pressés, elle ôte de l'oreille de son amie un cheveu égaré, et leurs sourires tendus entre leurs yeux se dévorent. Elles n'ont pas faim de sexe de corps de liquides et de chair. Elles consomment dans l'instant le plus précieux breuvage, et ça dans le vacarme impossible de la ligne 5. Elle glisse à l'oreille rose un message sans importance. Elle l'effleure des lèvres. Son amie frissonne, elle lui répond, elles rient ensemble. Elles s'aiment. Ça valait le voyage, les gens amoureux assis sur les bancs à se bécoter si bien, comme le disait Brassens, qu'on est seulement gêné de pouvoir les déranger. Mais ils s'en foutent du monde, les gens qui s'aiment à Paris. C'est leur insolence qui passionne Kim. Il vénère leur force, il s'en abreuve en suivant en silence d'un train à l'autre, de temps en temps, des gens qui s'aiment, pour saisir cet amour, pour le comprendre et peut-être le sentir en dérive se poser sur sa peau.

Mais Kim n'ose pas. C'est ce qu'il pense, Kim, que la beauté, c'est pour les autres, pour les gens du pays, pour ces gens qui n'ont à disputer leur liberté à personne. Pour lui la beauté, c'est une arme pour dire ce qui est bien et tuer ce qui est mal. Pour dire le juste et dénoncer le reste de l'univers. Pour lui la beauté c'est une arnaque vêtue par Dior qui porte du Chanel n° 5 pour qu'on oublie l'odeur des cadavres qui pourrissent sous ses fanfreluches.

Paris, ce ne sont pas les Champs Élysées. Kim l'a vite compris, parce qu'il n'a pas le temps d'y aller. Trop chère, c'est une frustration permanente, cette rue de verre où tenter d'exister dans la zone VIP du monde. Paris, ça ne sent pas le parfum en vrai. Paris, ça sent la pisse au bord des rues. Les hommes blancs y sont dans leur salle de bain, à poil, sans crainte, impériaux ou rieurs, exaltant leur présence sans la moindre conscience de leur toute-puissance. Les autres s'y faufilent. Les autres s'y imposent. Paris, ça ne sent pas le pain chaud et les fraises. L'odeur à Paris, c'est un mélange sucré de fritures asiatiques, d'épices indiennes et de mouton rôti, dans les voies adjacentes, celles qu'on vit vraiment et où le monde s'est invité après avoir repris sa liberté. Et dans ce succédané d'empire, les Blancs traversent à pas pressés. Et parfois, ils s'arrêtent pour nous regarder.

Il manque à Kim des mots pour comprendre leurs regards vides, leurs dents serrées, leurs dos courbés sur des écrans de verre ou de papier, en silence, fermés à l'amour qui déborde et que plus personne ne voit. Dans les airs lancinants de Paname, Kim se perd de mots, à n'y rien comprendre, aux terreurs assassines des Français enchaînés à une souche. C'est qu'ils sont toujours là les monstres, ceux qui disent qui doit vivre et qui doit mourir, ceux qui disent qui mérite la vie des humains et qui mérite celle des poissons. Ils sont là et leur voix venimeuse se répand dans le sang des gens, même dans le sang de gens amoureux.

Les yeux baissés dans le métro, casque vissé sur la tête, un matin qu'il se rend au travail, Kim trouve dans son champ de vision un tatouage nazi encerclé de triangles wotanistes. Il a lu un article effrayant sur le sujet sur les réseaux. Le tatoué fixe Kim du regard, d'un regard bleu océan, entouré d'une chevelure ensoleillée sur un visage de sable blanc. Cette île faite homme caresse son ornement avec désir. Le cœur de Kim, dans cette assemblée ignorante du danger, inconséquente ou pire indifférente, frappe le tambour au bord d'un précipice.

Kim ne guérit pas de ça, du froid dans la chair des gens. Le gel, sur sa peau, ce n'est pas le temps. C'est l'haleine des fantômes errant dans le métro sans savoir bien s'ils ont égaré l'amour ou s'ils ont en fait trouvé un lieu où l'oublier. Si seulement, si seulement ces enfants perdus pouvaient se parler.

Kim s'enrobe de soleil pour traverser la nuit parisienne. Dans ses oreilles résonne la playlist des soirées de Maman et son album préféré : celui d'Eugène Mona. Mais quand il n'a plus de batterie et que le silence creuse sa pensée, Kim glisse vers des pays où seule luit la clameur de la vengeance. Il s'accroche aux mots de Léonide, tant de fois répétés qu'il les connaît aussi bien que ces poèmes français récités sur les bancs d'école. Les ancêtres ne sont pas du voyage : elles craignent trop l'océan. Mais leurs paroles les précèdent et restent scellées par accident aux boucles miraculeuses des cheveux de mon frère. Ces mots de l'autre monde le bercent, et il rêve avec elles.

A Régale, tout le monde est fier de savoir Kim à Paris. Mais Kim ne dit rien de sa folie. Il ne dit pas qu'il a cessé d'aller à la fac dès le mois de décembre et bosse dans un fast-food en attendant l'été. Personne ne comprendrait. Personne ne comprendrait non plus qu'il loue un appartement 1000 euros par mois intramuros alors qu'une tante par alliance propose un canapé-lit dans son salon. Il préfère le silence et ses torpeurs. Au moins, le silence, lui, ne le surprendra pas. Et dans le silence, Kim passe de belles heures à Paris.

« J'aurais pu rester », me confie-t-il quelques mois plus tard, avant de revenir au pays natal. « J'aurais pu aimer cette vie-là, j'aurais pu faire mon trou, être enfin moi là où je ne suis personne, oublier le froid, oublier le métro et même oublier que j'ai la peau noire dans un pays truffé de racistes. J'aurais pu. Quand j'y repense, quand je revois son visage, ses lèvres qui disaient mon nom, ses yeux qui me pénétraient... J'aurais pu rester, moi aussi, un peu plus longtemps. »

Kim a aimé quelqu'un à Paris, mais il s'en est séparé avant même que je ne connaisse son prénom. Alors Kim m'appelle en sanglots, seul dans son appart vide comme un lambi sans sa coquille, une vieille chose toute flasque pommée dans un milieu létal, sans armure. Sans prétexte. Et sans toit parce que 1000 euros par mois, ce n'est pas possible.

Kim jette tout avant de reprendre l'avion. Il y en a qui aiment garder des babioles, des souvenirs d'étudiants. Des photos, des bibelots de bobos qui font Parisien. Kim n'a rien de tout ça. De son seul et unique voyage, à Londres, il n'a ramené qu'un vieux magnet rouge en forme de cabine téléphonique. Et il le trouve tellement nul, tout seul dans son sac, ce magnet kitchissime, que lui aussi Kim le laisse aux ordures.

Le retour de Kim, c'est comme une déception pour notre famille. Les dames de Régale l'imaginaient devenir trader et puis se fiancer à un gars du coin au poil léché. Personne ne le reconnaît à son arrivée. Voisins et voisines disent que Kim est devenue folle. Moi je suis tellement fière de mon frère. Devant Marraine, qui frise la commotion en entendant sa filleule parler au masculin, Maman met tout ça sur le dos d'un chagrin d'amour et évente sa commère en supportant son chapelet de suppliques au Très-Haut. Les jours d'après, Marraine et le voisinage harcèlent Kim de questions intrusives. Mais Kim ne veut pas parler. À quoi bon ? Il n'y a personne à convaincre : Maman sait. Quand Kim a passé les vitres de la porte à l'aéroport, quand Maman lui a tendu les bras. Quand elle lui a dit je t'aime à l'oreille comme on rappelle à un gamin une comptine oubliée. Kim a su qu'elle savait, qu'elle a toujours su qu'il était un garçon.

Kim s'installe chez Maman après ça. Il est de nouveau gosse dans son royaume. Il sert son monde lors des fêtes, se fait servir aussi. Il respecte politesse bienséance et il va même se faire voir avec Maman à la messe au Vauclin.

Il l'accompagne à tous les baptêmes. Il va même à tous les enterrements, puis il organise celui de Maman, consciencieusement.

Le cancer. Saloperie.

POUR BRÛLER LES ORDURES

Kim range la maison de Maman. Je me charge juste du jardin. Je vide la cabane, j'enlève les encombrants, je laboure tout le terrain pour déraciner nos plantes toxiques, mais je refuse de passer le seuil de cette maudite baraque une seule fois de plus. Alors Kim range la vie de Maman. Ses souvenirs ses trésors ses bêtises. Il classe ses victoires, ses cris et ses hontes et il balance aux ordures les choses inutiles qu'elle a laissées sur les étagères et dont il ne détient pas le sens. Les napperons, les enregistrements sur radio cassette, les mots croisés à terminer, les souvenirs de voyage et puis les chaussures délavées. Kim a loué une benne et il y balance tout.

C'est peut-être ça qu'il fallait garder.

Et partout, même après avoir passé la maison à la javel, Kim sent le parfum de Maman. Son parfum, son parfum... Il embaume les murs comme du jasmin. Entêtant. Le parfum de Maman, il décape l'odeur des mensonges dans toute la maison. L'odeur de la javel sur le carrelage, des fruits pourris qui tombent des arbres quand personne ne les ramasse, l'odeur des vieux vêtements des mortes qui sont mortes, mais qui ne sont jamais parties. La tôle qui fuit, les bidets pommés, la balançoire en pneu qui pend comme un cadavre au manguier, le plafond qui gondole et le sol.

Son parfum efface jusque dans l'humus des siècles de souffrance. Il concentre en élixir la douceur de ses yeux enrobés de couleur, la sagesse de son sourire légèrement de biais, la chaleur de ses seins teintés de sueur et ses mots, souples et intriguants, les mots de Maman si éperdus d'amour que personne n'aurait osé les pendre à l'échafaud de l'inceste. Le parfum de Maman ne connaît pas les crimes de Laurent. Alors sa caresse, pour quelque temps encore, calme le cœur de Kim et retarde sa folie.

Deux ans après la mort de Maman, j'envoie un élagueur couper les grands arbres qui menacent le toit de la maison familiale, une fois pour toutes, pour ne plus avoir à m'en occuper. Comme je refuse toujours de monter à Régale, Kim se rend sur place pour surveiller le chantier. La nature semble prête à avaler la terrasse. Il s'agite contre les lianes envahissantes en posant un regard distrait sur le travail précautionneux des bûcherons. Quand les grands arbres s'effacent, la vallée apparaît plus large encore depuis le garde-corps. Kim cesse de s'étriller les mains et s'y plonge rêveur, bercé par les voix lointaines et contemplatives du passé. Au cœur de la végétation, en direction du bourg, un nouveau quartier a poussé depuis son adolescence. Ce sont des maisons plus récentes, dessinées comme celle de Maman. Dans ce fond de vallée, Kim reconnaît alors le toit flambant neuf de la nouvelle maison de Laurent, son père... Et la tronçonneuse joue dans sa *kabech* bourdonnante une douce berceuse. Déjà, dans sa bouche aux mâchoires serrées se porte le goût affamant du sang. Il ne perçoit plus le parfum de Maman.

POUR DÉNONCER LA TROMPERIE

À Dillon, la commissaire Jean-Séverine fait rapidement identifier le cadavre de la première victime. Frédéric Justille, 38 ans, chef de service à l'hôtel des impôts. Ça n'a pas été difficile : toute sa vie s'étalait dans son portefeuille. Il est mort chez sa maîtresse. Les rares voisins présents sont formels.

Sur lui, 80 € en liquide, deux cartes de crédit et un smartphone dernier cri. Le meurtrier n'a même pas essayé de camoufler ça en vol par effraction. Pourtant il y en a, des vols qui tournent mal.

« Ce n'était pas un meurtrier, rétorque sèchement un voisin tendu à la fenêtre. C'était une meurtrière. »

La commissaire entend dans cette voix descendante 1000 autres informations. Elle fait un signe des yeux à sa seconde qui part immédiatement rencontrer le quidam. La commissaire prend une grande inspiration, ferme les yeux un instant et prie, dans un silence laïque, avant de se retourner vers la deuxième victime.

« Édith loue cette maison depuis qu'elle est sortie de la fac, je crois. »

Le crayon de la commissaire Jean-Séverine crisse désagréablement sur le papier recyclé de son bloc-notes. Elle se demande si elle n'a pas un stylo dans son sac. Le voisin poursuit.

— Oui c'est ça, elle venait de finir ses études de comptabilité quand elle a débarqué ici. C'est ma femme qui m'a tout raconté hein, vous devriez lui demander plutôt.

— C'est vous qui êtes là, monsieur.

— Bon... C'était une belle jeune fille hein, puissante, droite. Elle portait ses cheveux crépus tressés comme des couronnes sur son crâne, vous savez, c'était très à la mode. Elle continue à faire ça, je crois. Elle est... happy, nappy, un truc comme ça. Elle cherchait une maison pour elle et son copain, Frédéric, le gars qui est couché par terre, là. Ma fille, elle m'a dit qu'Édith a raconté à tout le monde que le Frédéric l'a croisée en soirée, qu'il a dansé avec elle, qu'il a pris son numéro et l'a draguée trois mois avant de la voir timidement un soir au restaurant, puis plus chaudement, *an tjè koko*. Ça, c'était la version correcte. Vendable. Hé !

— Et la vraie ?

— La vérité, ma petite dame, c'est qu'ils ont dû koker le jour même, parce que l'enfant qu'ils ont eu neuf mois plus tard n'était pas le fruit de l'Immaculée Conception !

— Donc monsieur Justille vivait ici depuis six ans ?

— Non non ! Il vivait pas ici ! Il est marié !

— Ah !

— Et ça fait des années que sa femme et lui essayent d'avoir un enfant ! Elle, la pauvre dame, elle consultait à la Clinique Saint-Jean. C'est ma cousine qui me l'a dit. Elle est sage-femme là-bas. Mais lui, c'est à l'office de Chango qu'il suivait son traitement, encore plus assidûment, si vous voyez ce que je veux dire...

— Euh...

— *Men ni sent-lan, ni Chango pa té pé ba yo an timanmay*! Le quimbois, ces trucs du diable, c'est que des charlatans, ça! Ma femme elle dit qu'à force de pleurnicher dans les jupes de sa maîtresse, ses larmes sont rentrées dans son ventre et Édith est tombée enceinte! Elle est mignonne, hein?

— Alors, c'est Édith qui a tué...

— *Tjip, fè travay-zot*, moi j'ai jamais dit ça. Si Édith voulait tuer Frédéric, elle aurait fait ça plus proprement et depuis longtemps. Il était toujours fourré chez elle les mercredis après-midi, à l'heure où son épouse prenait son cours d'aquabike.

— Vous êtes bien renseigné, monsieur...

— C'est ma cousine. Elle fait le sport avec madame Justille.

— La sage-femme?

— Mais non! Une autre. Concentrez-vous, là vous me faites perdre le fil. C'est pas Édith! Je disais quoi?

— Il venait les mercredis pendant la grossesse.

— Voilà. Il lui promettait tout le monsieur hein, maison mariage voyages garde-robe. Il parlait fort, c'est pour ça que tout le quartier entendait. C'est exprès ça, il fallait pas convaincre qu'elle! Pfff. Et Édith elle écoutait. Divorce, grosse maison à Terreville, un tour aux Grenadines, pas en croisière hein! En catamaran privé avec skipper! Les 40 % de prime qu'on donne ici aux fonctionnaires, ça achète tout, pas vrai? Édith l'écoutait, elle est calme, hein! Toujours calme... Et puis un jour, bidim! Elle lui a hurlé dessus, sa sœur Kim était là aussi je crois, elle a hurlé je vous dis et je me souviens parfaitement, oui parfaitement de ce qu'elle a dit, *woy*! *Mi kalté pawol*!

— Elle a dit quoi?

— Elle a dit! Elle lui a dit: « Me touche pas! J'en peux plus de tes papouilles molles, et de ton souffle sur mon cou. Chaque fois que tu me caresses, je disparais. Pourquoi tu fais disparaître les gens? »

— D'accord, mais...

— Elle lui a dit: « Va-t'en inutile! Va-t'en coucher ton sperme wayayay dans le ventre d'une autre Négresse! Tu sais pas faire grand-chose d'autre. » Elle a dit tout ça exactement comme je vous dis madame et après, la terre s'est arrêtée de trembler.

— Et il est parti?

— Oui. C'était il y a un mois, ça, je crois. Mais il vient quand même de temps en temps. Il garde le petit ici, deux jours par semaine, comme ça, et elle, Édith, ces jours-là elle se repose dans sa maison au Vauclin, avec son nouveau gars. Le marabout.

— Et ce nouveau gars, ça pourrait être lui, le tueur?

Le voisin regarde dans le vide, ferme les yeux sur une image qui l'affole et les rouvre droit sur l'enquêtrice. Il dit: « Madame, je vous ai dit que c'était une meurtrière. »

POUR CHOQUER LES RAVET LÉGLIZ

Les ravets légliz me cherchent au bourg du Vauclin. On leur répond : « *Fanm marabou-a ? Yo ni an gro kay an fondok savann-lan ki ka mennen'w Makabou. Yo ni jaden, yo ni prin, yo ni sitron, yo ni razié ba tout maladi, yo sé pé ouvè an fawmasi* ! »

Ils savent où se trouve ma maison et qu'il s'y pratique la magie. Dans 15 minutes, ils seront à l'entrée de mon quartier. Quinze de plus pour rouler précautionneusement sur la route en caillasse. Et ensuite, l'équipe d'exorcistes en herbe qui est partie à l'aventure au matin aura besoin d'une bonne demi-heure pour prier, encercler les lieux et préparer son entrée dans ma maison diabolique.

En attendant, Ayo passe la frontière du monde des vivants. L'air est plus dense de ce côté. Elle ressent la morsure des rayons du soleil. Elle retrouve un peu son corps décharné. Elle a toujours les os marqués par les coups frappés pour la briser à son supplice, et le talon tranché du jour où elle avait marronné, en 1820. Ses yeux sont éblouis quand elle s'incarne sur terre. Elle les plisse pour s'avancer à la porte de son héritière.

Maintenant que je revois ma maison en songe, je dois bien dire que les voisins avaient raison. On aurait dit une parodie du quai Branly, ces murs peints en couleurs chaudes. Sur le perron, une immense corbeille en osier débordant de fringues africaines et de plumes. À l'entrée, une pièce remplie de tambours du monde entier, qui sonnent faux pour la plupart. Dans l'enfilade, les murs de la cuisine couverts de poupées vaudou alignées fesses contre fesses et des statuettes d'orishas suspendues au plafond la tête à l'envers. Le plan de travail est tapissé d'une forêt d'herbes en pot nourries au goutte-à-goutte, dont la moitié sont importées. Dans le salon, des fauteuils en cuir côtoient des tentures rastafari, pourtant ces derniers-là sont végétariens. C'est n'importe quoi. N'importe quel novice vaudouisant, n'importe quelle adoratrice de Yémaya, n'importe quel disciple de Chango couvrirait de mépris cet étalage d'ignorance et de pacotille. Et bien qu'y pénétrant toujours avec l'air d'en connaître un rayon, les adeptes du marabout n'ont jamais rien compris au dédale éclectique qui tapisse ma maison. Et pourtant le sens est précis sur mes murs, pour les sages qui savent le retrouver et laisser de côté les choses sans importance.

Le fantôme incarné d'Ayo pénètre en ma demeure comme dans sa propre salle de bain. Dans la première pièce, elle choisit au milieu de tous le seul tambour qui sonne juste. Il vient de son pays. Acheté cher en contrebande aux négriers, nous l'avons conservé deux siècles et il est encore là. C'est un okonkolo, un tambour bata. Par lui, nous faisons le lien entre les deux mondes. Elle le touche : elle peut le toucher. Elle le frappe. Il sonne. Elle en joue. Il me sort du sommeil.

Je déteste être réveillée en surprise. Les réveils du matin, ce ne sont jamais de bonnes nouvelles. Le temps que je me lève, Ayo glisse en direction du salon en suivant sur le mur un fil de cuivre tiré pour elle qui passe par la cuisine. Elle prend au plafond une poupée gigogne dorée et récupère en son sein une poignée de cauris.

Quand je pousse la porte de ma chambre, je vois la monnaie nacrée posée sur la table du salon dans une fontaine d'eau vive. Je comprends qu'une enfant d'Oshun souhaite me consulter. Cela fait bien dix ans que ça ne m'est pas arrivé. Alors je m'assois sur une peau de cabri étalée sur le sol face à la fontaine, je lève les yeux sur le corps évanescent et décharné de mon ancêtre illustre. Et mon cœur bat vite.

« J'aime bien ce gosse, tu sais. »

Dans la case, Kim rase Laurent avec son couteau et de la mousse bon marché. Il essuie les poils grisonnants sur une serviette chaude et reprend, très doucement. « Mon neveu. Cédric. Ma sœur l'a traîné partout, il n'a pas loupé une messe en six rameaux et il était de toutes les soirées de tous les vidés de toutes les beach partys. L'enfant c'était le trophée de guerre de ma sœur. Elle le plaçait devant la face du monde pour hurler sa liberté gagnée. Elle ne devait plus rien à personne. À personne. Pas même à ma mère.

« Cédric, c'est un parfait petit enfant de chœur moulé dans l'eau bénite et la bonne comportation. *Ti boug-la ni an bon lédikasion...* C'est là qu'ils sont bien les hommes de ce pays, à cet âge-là, quand ils sont trop petits pour faire du mal à qui que ce soit. Il a appris à lire cette année, alors il lit des histoires à Édith l'après-midi pour qu'elle ferme les yeux en souriant. *An bon timanmay, dous kon siwo batri*. Il faut qu'il reste comme ça tu vois, il faut qu'il reste innocent, qu'il ne fasse de mal à personne, qu'il ne devienne pas comme son père. Édith fait tout ce qu'elle peut pour ça hein, elle milite avec l'association des femmes battues, elle lit des bouquins en anglais sur l'éducation des petits garçons noirs, des fois elle m'en parle, j'y comprends rien à ces conneries, et pourtant je suis un garçon noir, moi ! Enfin, elle essaye, Édith. Elle fait ce qu'elle peut pour se donner l'illusion de réussir. Mais le petit Cédric, c'est bien le sang de son *initil* de père. C'est le sang de son salopard de grand-père, tu comprends, Laurent ? Et t'es pas le seul enfoiré à avoir empoisonné cet enfant avec tes gènes. Cédric, c'est le sang de ce Blanc qui a sauté l'ancêtre Marie-Magdeleine dans un champ de canne, lui a arraché son enfant pour lui faire je ne sais quoi dans sa maison créole, ce que ces gens-là faisaient de nos corps de nos bras de nos sexes de nos chairs qui tapissaient leurs parquets cirés comme un mobilier, notre bois d'ébène qui lustrait les meubles en courbaril. Mon neveu, c'est le sang de ces gens-là qui ont semé la violence dans le ventre de Léonide avant de la renvoyer dès ses premières règles dans les jupes de sa mère, perdue, trop noire pour être blanche à Didier, trop blanche pour être noire à Régale. Et sans amour. Sans amour. »

Le couteau blesse Laurent. Mais le sang ne coule pas. Kim poursuit.

« Je l'aimais, le petit Cédric. Mais il fallait qu'il meure. J'en pouvais plus de son visage de ses yeux de son regard. J'en pouvais plus de te reconnaître dans les traits d'un être aussi sage. Je ne comprends pas comment Édith même pouvait le supporter, et tu sais quoi ? Elle ne le supportait pas. Elle le frappait, tous les jours. Je l'ai vue faire. Je ne mens pas. Et quand elle lui faisait ça, à cet enfant, c'est toi qu'elle frappait, connard. Mais c'était pas de la vengeance ça, non. C'était tes propres bras qu'elle tendait à son tour. La violence que tu as mise dans le corps de ma sœur en la violant, elle n'en a jamais guéri, et elle l'a transmise à son fils. Lui aussi allait finir comme toi, lui aussi allait vivre pour faire du mal. J'en suis certain. Il était déjà trop tard. Je l'ai vu faire avec ses héros de papier, virils et machos, je l'ai vu faire avec ses poupées, c'est certain. Le poison est déjà dans son cœur. Si cet enfant avait vécu, on serait reparti, encore et encore, pour une génération de plus dégénérée par la violence. J'ai fait ce qui était le plus juste. J'ai mis un terme à l'histoire. Édith sera furieuse c'est vrai, mais elle comprendra, avec le temps. Il fallait que cet enfant meure. Il fallait que je le tue. Avec un peu de chance, la prochaine fois, Édith aura une fille baignée de son pouvoir. Et sa fille ne risquera plus rien, grâce à moi. »

FOYAL

« J'avais encore la liberté de choisir le lieu et l'heure de ma colère. Quand ma gorge se pliait dans un tourment de sang, j'avalais l'angoisse et elle glissait en serpent dans mon estomac. Je savais la digérer dans l'acide de mes entrailles. Et ma colère, je lui disais : il n'est pas encore temps. Tu dis que je n'étais pas prête, tu dis que tu étais mon bras armé contre la tempête mais non. Non, tu ne m'as pas vengée, non. Tu as juste volé la dernière de mes libertés. »

Transcription de la confrontation judiciaire entre Édith et Kim

POUR ROMPRE L'INDIVISION

Il y a trois ans, Kim a quitté la maison de Maman. Depuis, cette baraque prend la poussière. On ne l'a ni louée ni vendue, à cause de cette affaire d'indivision que Kim n'a jamais voulu essayer de comprendre. C'est moi qui gère ça. Moi, j'écoutais sa marraine et Maman raconter leurs âneries sur la famille. Je suis mieux placée que Kim pour faire la cour hypocrite à des gens qu'on ne connaît pas devant des notaires couverts d'or qu'on ne connaît pas davantage. Un seul rendez-vous a suffi pour lui donner la nausée et lâcher l'affaire, à Kim. La notaire a dit :

— C'est courant, dans nos petits territoires, qu'on réunisse lors de l'ouverture du testament deux familles qui se connaissent déjà... sans se connaître vraiment ! Rendez-vous compte ! Votre grand-mère Sidonie, c'est la sœur de la mère de Laurent Joséphin, votre papa !

— Non non, ai-je rétorqué. Cette dame n'est pas de notre famille. Cette enfant, mon arrière-grand-père l'a élevée hors mariage, et tout le monde sait qu'elle n'est pas de lui.

— Madame... tous les papiers sont en règle. Par conséquent, en attendant les suites de cette affaire, la maison de votre arrière-grand-mère Léonide n'ayant jamais fait l'objet de la moindre transmission officielle... Elle appartient à vous ainsi qu'à votre père Laurent, et à ses éventuels frères et sœurs.

Kim s'est levé et a quitté la salle. Il n'a plus jamais remis les pieds dans l'office notarial.

Peu de temps après, Kim a pris un appart en ville, et il n'en a pas bougé depuis. C'est tout petit. Ça n'a pas d'histoire. Il n'a plus de jardin. Mais au moins, la nuit, il ne partage plus ses draps et sa paperasse avec l'odeur du crime.

La ville, c'est bruyant. Et c'est infesté de ravets. Kim n'a jamais eu peur des ravets. Mais depuis qu'il est en ville, il veut devenir oiseau rapace dès qu'il en aperçoit. On n'a pas peur des ravets tant qu'on n'est pas devenu leur proie. Kim a grandi à la campagne, des bêtes il en a vu se balader sur les murs depuis son enfance. Mais avant la ville, il n'avait jamais vu une armée de ravets envahir une poubelle. Une armée.

Parfois, quand au milieu de la nuit Kim les entend gratter les tuyaux, quand il voit leur ombre trancher la lumière du lampadaire, le soir, quand il les entend presque parler presque baiser presque respirer, le soir parfois il se raconte qu'à Foyal, on habite la civilisation des ravets, comme des migrants clandestins. Une nuit qu'il avait veillé tard pour tourner ses locks et qu'il somnolait dans sa petite chambre à lambris, il a imaginé un royaume ravet où la reine ravet avait décidé toute seule de mettre les blattes en esclavage. Et les ravets paradaient dans les rues de l'en-ville pendant que les blattes trimaient dans les poubelles. Et la fourmille de la ville, c'était leur empire. Une nuit, Kim a rêvé ça, Kim a rêvé l'empire des ravets qui avait conquis la Martinique et c'était comme le monde sans les humains et leurs trahisons. C'était le monde dont des humains, il ne restait plus que les os blanchis jusqu'à la moelle par les pattes velues de blattes géantes en armure. Et même sans eux, cette terre était toujours maudite, cette terre était toujours celle de la souffrance où le fouet claque pour qu'on se lève et l'embrasse chaque matin que le bon Dieu ravet fait.

Chaque jour qui vient. Ça recommence. C'est juste cette île qui ne sait pas s'arrêter. Cette ville de ravets, c'est un cœur malade, mais c'est un cœur à prendre. Kim a eu le béguin pour elle. Il a perdu la tête pour elle. Il a quitté le morne pour elle. Ce n'est pas pour l'amour des ravets ni du bruit ni de la poussière. Kim n'a jamais été un rat des villes. Mais il voulait posséder la ville, il voulait marcher dans les rues de Fort-de-France un jour et dire: « C'est Fort-de-chez-moi. »

Un rêve vain et lointain pourtant. Un jour il m'a dit au téléphone:

— Si le royaume ravet perd la guerre des poubelles, Foyal ce sera le nouveau Disneyland.

— Toi et tes ravets... t'es cinglé.

— Moi je veux bien négocier avec les ravets. T'as des envahisseurs moins discrets. Regarde. Les visages pâles ont envahi l'en-ville depuis le jour de l'an. Ils visitent les Nègres, ils rentrent dans leurs cases pour voir comment c'est, ils tracent avec leurs vieilles savates leurs chemins conquérants.

— Ils ramènent du pognon dans ce pays, les touristes, Kim.

— En y traînant leurs faces rouges injectées, tachetées de tumeurs, si fières d'être dans les îles comme leurs pépés au bon temps des colonies, ouais ! Je les vois, tous les jours, sur le malecon, ils croisent la statue de Belain d'Esnambuc, cet enfoiré de colon, et ils prennent un selfie avec lui. Et puis ils montent la rue Blénac, ils lèvent leur nez brûlé sur nos balcons en fer forgé et ils disent *Ce n'est pas comme en métropole*, ils disent, *si on repeint ce sera comme à Bahia,* ils disent, *c'est vrai on se croirait presque en Amérique latine* !

— C'est plutôt flatteur...

— Édith ! Dans leur bouche ça veut dire que c'est presque pauvre c'est presque arriéré c'est presque pittoresque l'en-ville, quand on dépasse les pavés, c'est presque un musée du temps où Paris était tellement plus beau que les colonies, où Paris était tellement plus avancé, et ça rassure le prolo en vacances au rabais de traîner ses vieilles tatanes de banlieusard sur le deck du malecon. Ça le rassure d'être blanc au milieu de la misère du monde, d'être français aux Antilles. Ça le rassure de se balader le ventre nu sur les pavés luisants des terres conquises et dire ici le pavé luit parce que je l'ai voulu. Je te dis Édith, leur monde a encore un sens tant qu'un couple de visages pâles traverse la Savane, prend en photo les grands noms blancs sur le fronton de la bibliothèque Schoelcher et juge en se retournant, d'un air réprobateur, la statue de l'impératrice à la tête coupée !

Je laisse Kim s'égarer dans ses envolées historiques. Il a pris des cours à la fac, il s'est renseigné, paraît-il. Mais il ne possède pas les clés de son propre monde. Il les cherche encore et encore à tâtons dans la pénombre. Sa soif de savoir, elle se perd dans les dédales de sa colère, et pourtant elle est dite, elle est là. C'est certainement un jour, comme ça, devant l'impasse des silences communément entretenus, que nous l'avons perdu.

Je questionne les Souffles et ils m'y emmènent, à ce jour où tout a basculé, dans un détail, un seul, insignifiant et débordant de violence.

La brume de sable étouffe le ciel de Fort-de-France comme une tempête qui ne pleut pas. Accablé par la chaleur de son deux pièces, Kim se réfugie dans le supermarché du bord de mer: il est climatisé. Kim remplit son caddie en prenant son temps. Il décortique les étiquettes en mâchant sa rancœur. Passé à la caisse, il paie trop cher. Le soleil semble se refléter sur chaque grain de sable quand il sort de là. Il plisse les yeux en suivant le passage piéton et pose son cabas devant le mur d'une agence touristique pour reprendre son souffle. Il lit sur la vitrine: « Voyage en Indochine, le circuit des Lumières ».

Indochine.

Les Lumières.

C'est ce jour-là. Pour la première fois, Kim a envie de tuer quelqu'un.

Il aurait dû fuir ce jour-là. Il fallait quitter la ville quand il en était encore temps. Quand la houle écumait les cendres des bateaux de croisière, quand le vent à l'envers ramenait les bruits sourds des touristes saouls, quand le port relâchait dans les eaux la merde et les poubelles du monde entier et qu'on voyait sur les murs les pubs pour des jeeps remplacer les tags. Quand la tête d'Eugène Mona sur la rue de la République rebaptisée Indépendance a été couverte d'un panneau annonçant les nouvelles élections nationales.

Les jours d'après, Kim nourrit sa révolution. Il relit dans les livres qu'on ne lui avait pas donnés enfant et qu'il a chinés à Paris l'histoire des Viets des Fellagas des Kikuyus des Kalinas. Saoulé de vieux papiers, il s'immerge dans la toile et se fixe aux voix péremptoires de prêtresses modernes qui portent comme moi leurs cheveux en couronne. Il s'y retrouve, dans ces visages qui lui ressemblent, dans ces mots qui disent sa rage, dans ces histoires qu'il désire, dans cette guerre qu'il attend. De l'amour, les jeunes prêtresses du web en vendent bon marché, glorifiant à forfait les hauts faits des déesses et des reines du passé, oubliant que nous les femmes noires du pays, ne sommes ni des tyranes ni des aristocrates ni des immortelles, mais quelle importance d'entrer dans les détails, tant qu'on nous donne la couronne qu'on a rêvée chez les autres ? Quelle importance, me dit-il quand je le mets face aux détails ? Pourquoi parler des détails ? Ne lui a-t-on pas toujours caché l'essentiel ? Kim choisit son essentiel. Kim se plonge entier dans le flux de paroles qui disent les mots qu'il désire entendre. Il est de nouveau dans l'œil de son cyclone, attendant le jour du grand rassemblement. Et en écho, la voix de Léonide lui chante les louanges des lendemains. Alors Kim se lève en héros. Il se lève armé. Il se lève habillé d'un fantasme d'homme kémite, fantassin de la vengeance.

POUR TOUT PÉTER

Petit matin de Mardi gras, Kim passe son tour.

L'heure est encore bleue et la ville étalée s'écrase déjà sous le poids d'une nuée de tambours insolents. Elle vibre tout entière, prête à s'envoler ou à s'écrouler. Portée par la houle montante des caisses claires, la foule descend le boulevard en sautant à pieds joints vers le ciel. Et les chants insultants des incubes levés en pyjama pour le carnaval portent le serment de se battre à jamais contre l'oppression à coups d'épée dans l'eau et d'incantations cyniques.

«*Bann Makoumè*!» hurle Kim dans son bain. Il s'est pourtant promis de ne jamais souiller sa bouche avec ce mot-là. Mais les ailes de la foule courent jusqu'aux entrailles de l'en-ville, remontent les canalisations et giclent par les murs carrelés de sa salle de bain. Le raz-de-marée nègre l'emporte, et le noie. Kim plonge sous l'eau savonneuse. Il respire.

Il fallait partir, avant que la liesse envahisse les rues désœuvrées et colore les murs sales de paillettes et de plumes. «Il fallait partir», se répète Kim. Il fallait partir avant que les moteurs trafiqués des bradjak n'entament ce concert matinal si proche de la mitraillette et qui n'a jamais blessé personne d'autre que les oreilles des enfants de l'en-ville. Il fallait partir en ballade dans les eaux sereines des rivières du nord, là où reposent les âmes des vrais Nègres marrons plutôt que de jouer à cache-cache dans les rues de l'en-ville avec les *nèg gwo siwo*. Il fallait partir loin du carnaval et de ses mirages chercher dans la terre rouge le vrai combat commandé par les Souffles.

Mais Kim est resté.

Presque mort, il émerge du flot de sa baignoire et avale l'air pour survivre. Le tambour bat, toujours, partout, sur les murs, le miroir, dans sa chair délavée, sur son front de fièvre et l'appartement perd le sens du haut du dedans du dehors. Kim ne peut pas le fuir, ce tambour qui bat l'appel nègre. Il ne peut plus l'éviter. Le tambour prend tout, il vole jusqu'à la pensée de Kim. Il fait sa maison dans son esprit. Son cœur bat vite. Kim se lève et marmonne sans sens, sans plus savoir ce qu'il veut ce qu'il est. Il est sobre et pourtant déjà saoul de musique, étourdi de vibrations comme on l'est après l'amour. Le tambour, un grand bidon de salaison frappé par une masse, passe sous son balcon et sonne en l'hommage de Vaval, l'idole du carnaval : cinq mètres verticaux de papier mâché et d'irrévérence portés sur un char. Kim l'a aperçu la veille. Cette année, pour incarner Vaval, les artistes en secret ont sculpté le corps d'un politicien corrompu. Les fesses à l'air, l'anus de la poupée déborde de billets, et ses dents en or croquent des patates douces chlordéconées. Deux jours déjà, deux jours pleins que Vaval parade dans les rues avec, à sa cour, 100 000 personnes en marche cadencée proférant des insanités. Les tambours battent l'appel des retardataires. Kim résiste. Les tambours réclament que le sang de l'île se déverse dans les rues pour acclamer Vaval au sommet de sa gloire. Kim renâcle.

Kim a comme le mal de mer. Il sort de l'eau et éponge sa peau déjà en sueur. Devant son miroir, Kim se regarde nue comme si ce corps avait un sens pour elle... Qui l'a ensorcelée pour qu'elle s'y reconnaisse? Elle ne veut pas participer, non, elle ne veut pas aller au carnaval, elle ne veut pas inverser les rôles, renverser son monde, elle ne veut pas revenir dans le corps dont elle s'est arrachée. « Ça suffit! » crie-t-elle aux démons qui tentent de la tirer vers la foule. La peur, la nausée la dévient du reflet. Mais le tambour est plus fort que ses désirs. Le cou de Kim se délie, ses mains se détendent, ses hanches tremblent, de froid dirait-elle. Elle danse.

Marche pour te réchauffer un peu, Kim. Le serein tue. Il faut porter en mouvement le sang chaud qui nous brûle.

Au pied de l'immeuble, le tambour bat encore. Il use sur le pavé la sève des sentiments égarés d'une foule perdue d'amour, suant le chagrin et criant dans une masse invasive la joie de se libérer de sa mission sacrée.

Kim enfile son boxer et tire son tee-shirt avec colère. Il ne veut pas danser il ne veut pas jouer à être une autre. Il est en colère contre ce monde qui frappe le tambour à l'aube en mascarade, contre ce peuple sien qui ne sait pas où placer sa présence. « C'est quoi », demande-t-il aux Souffles, « ce poussif besoin annuel de descendre dans la rue? Où était cette foule quand il fallait renverser les gouvernements lénifiés? Où était cette foule pour arracher les poisons du sol de nos héros? Où était cette foule quand la survie d'un peuple en jeu, il fallait renverser des statuts de papiers? Où était-il, ce peuple si tôt levé pour courir le vidé de carnaval, quand il fallait s'élancer de bon matin pour courir sa propre liberté?»

C'est armé que Kim descend dans la rue, appelé par la marée de drapeaux nationalistes qui passent sous son balcon. Il ne déteste pas encore son propre sang; il veut croire, Kim, que ce Mardi gras sera celui où le sang des Nègres coulera celui des serpents. Il ne se déguise pas, lui. Il ne joue pas la comédie. Il ne renverse pas son rôle. Croit-il. Un jean délavé, un t-shirt rouge, des baskets épuisées et dans sa poche démesurée, son couteau. Quand il descend les escaliers de son deux-pièces à Foyal, deux mois avant de tuer mon fils, Kim est un soldat dont le cœur bat au rythme du tambour – décalé.

Jamais des yeux on n'a été si près d'avoir un pays à soi, quand les boulevards incandescents des premières lueurs se couvrent de drapeaux dessinés par nos mains. Le vert et le noir se mêlent aux diables rouges, comme si ce jour était désormais celui de l'indépendance. On ne croise plus dans les rues ni fonctionnaire vendu ni kapon terrifié, on n'a que des Martiniquais et des Martiniquaises en liesse fêtant leur jour national. Les ravèt légliz restant sous leurs lits, ne demeure que la toute-puissance d'une Afrique endormie qui fait jaillir de la terre les squelettes des morts, la peau brûlée des hommes et des femmes qui ont perdu leur nom dans l'argile il y a bien longtemps. Et les monstres de notre monde deviennent les rois et reines de notre marche glorieuse.

Les groupes à pied traversent l'en-ville armés d'une fanfare, de drapeaux de tutus de parapluies kawaï de madras à dentelle de feuilles de bananier vernies et de fouets pour chasser les mauvais esprits. Et dans cette soupe, par milliers, les carnavaliers et carnavalières suivent la cadence en chantant pour trois jours tout ce qui est interdit, en jouant à faire dans la rue tous les gestes que Dieu interdit. Le monde est renversé, il n'y a plus de couleur, il n'y a plus de métiers, il n'y a plus de morale, il n'y a plus d'Église, il n'y a plus de mensonges, il n'y a plus de sermons ni de lois sinon celles, sacrées, écrites par nous-mêmes pour réinventer jusqu'aux gestes les plus élémentaires. Et totalitaire, la loi du carnaval impose sa marche son dieu son code routier sa langue sa musique ses prêtres ses mythes son histoire et sa mémoire. Dans l'illusion d'un Nous final, il n'y a plus qu'un peuple, un peuple sans partage qui hurle à l'unisson sous les fenêtres du préfet français: « *Yo pa lé nou antré. Yo pa lé nou antré*! *Aux Antilles, yo ba nou dlo kontaminé au chlordécone. Obéissance à la loi*? *Ay koké manman'w*! » Et le tambour s'affole, la caisse claire mitraille le soleil, la foule se mue en gorge immense et stridente! Alors en sautant à rompre le bitume, une armée de paillettes menace en déboulant: « Mon cœur bat vite, je vais tout péter! »

Et l'aveugle croit qu'il s'agit juste d'une chanson à la mode.

Et le sourd pense que le carnaval est une farandole sexuelle.

Et l'ignorant plonge sa tête dans le sable pour ne pas voir brûler déjà la terre qu'il a conquise.

Et pour cause. Le carnaval a le goût, l'odeur et le bruit de la révolution, mais il ne se passe rien. Les soldats de Vaval sont armés de satin et de coton sale. Les soldats de Vaval marchent sur des talons hauts et piétinent, le sexe en avant. Et sur le malecon, face à la mer, les soldats de Vaval insultent jusqu'au soleil, mais ne touchent pas un cheveu de la statue du colon qui trône conquérante sur leur chemin. Alors Kim jure avec la foule, mais c'est la foule qu'il injurie. Il injurie même les Souffles pour leur indifférence. Kim jure, les sourcils froncés et la main dans son pantalon nerveusement serrée sur le manche de son couteau. Ses yeux filent dans les rangs de l'armée inutile. Son cœur bat vite. Il veut tout péter. Il veut briser les statues, enflammer la préfecture, arracher les drapeaux, abattre les crucifix, détruire pierre par pierre chaque trace que l'histoire a bâtie sur le sang de ses ancêtres. Il veut brûler tout entière cette ville damnée qui a violé Léonide. Son cœur bat...

Kim est prêt à tuer quelqu'un. Mais il ne sait pas encore qui.

Le premier jour du carême, le silence bourdonne.

Kim est étalé sur son matelas posé à même le sol. Il fait encore nuit et son costume de satin noir lui colle aux cuisses. On a brûlé Vaval la veille, et le rhum a brûlé ses entrailles, emportant avec lui l'énergie de son audace. « C'est à ça que sert le carnaval », maugrée Léonide sur le rebord du monde. « À vider le sang des révolutionnaires. Ce n'est pas Vaval qu'on brûle le Mercredi des cendres, c'est notre propre puissance. »

Léonide, la Pendue, ne laissera pas son protégé se vider de son sang dans un reposant carême. La puissante sorcière puise dans sa colère et envoie en émissaire un insecte le réveiller. La reine des sortilèges ensorcelle pour cela le plus minuscule des ennemis des êtres humains, et le voilà parti en mission commando.

Zanzole un moustique contre le mur froid de la chambre de Kim. Zigzague son corps frêle en quête de sang. Circuit téméraire près de son oreille : il grésille dans le lobe accueillant de Kim. Le moustique aime le sang. Le moustique à l'aube se nourrirait bien du sang de Kim. Mais la moustiquaire se dresse entre son désir et sa fin.

Empêché, le moustique pousse un gémissement sensuel et lancinant, strident pour celui qui dort. Transparente, droite, exigeante, la moustiquaire résiste aux assauts. Alors le soldat de Léonide ne passe pas et il attend, posé, là. Il susurre à travers la moustiquaire des mots doux à Kim pendant son sommeil. Il le harcèle quand il s'éveille et le maintient dans les limbes moites d'un rêve inachevé. Là, le moustique somnole avec lui quand le soleil l'éclaire. Il attend que l'obscurité revienne pour rugir. Il attend qu'un nuage obstrue les jalousies en bois rouge desséchées par le soleil. Et là, il cherche, sur la moustiquaire, les pores les plus larges, une faille à pénétrer. Une blessure. Une blessure ouverte, sur la moustiquaire, quand il y a très longtemps un geste violent a ouvert la toile de la conscience de Kim sur quelques millimètres. Quelques millimètres. Personne ne les voit. Personne ne les verra. Le moustique entre par là dans la conscience Kim. Il le pique. Kim se réveille dans le matin. Il se souvient de sa blessure. Il suffoque. Et son cœur bat vite.

POUR ARRÊTER LE BRUIT

Le bruit ne s'arrête jamais en ville. Il traîne.

Le bruit, c'est une sève odorante qui ne cesse de couler. Dès l'aube, il épaissit les artères de l'en-ville et il fume quand s'échauffe le jour. Évaporé, le bruit tire alors vers le haut les airs désuets échappés des radios et il perce dans le ciel la brume de sable venue du Sahara. Chargé de nos mots de nos cris, le bruit file alors dans la troposphère, accroche celui d'un avion de ligne et porte vers d'autres lieux l'écho du sentiment qu'une île nous appartient. Le bruit, le matin, il criait si fort contre les murs de Foyal qu'il couvrait les cris d'enfance de Kim. Alors Kim aimait ce bruit et pour un peu, s'y serait bien perdu pour toujours.

Kim décide de s'en prendre à Frédéric juste quelques semaines avant de le faire.

Ça se passe un mercredi, au centre-ville. Kim revient d'une visite chez son tonton Servan. C'était le parrain de Maman. Le pauvre vieux ne l'a pas vu depuis dix ans et il lui reste peu de temps à vivre, alors Kim s'est rendu chez lui comme il était avant sa transition, histoire de pas précipiter le trépas. Le tonton Servan a trouvé sa petite filleule ravissante, l'a questionnée sur Paris, a évoqué l'œil humide un bel amour qu'il a connu là-bas, après la guerre d'Algérie. Et puis fatigué, Kim l'a laissé là sur ce souvenir souriant.

Sa B.A. accomplie, Kim a repris son taxico pour rentrer chez lui à Foyal, rue Lamartine. Il est toujours fasciné, en arrivant à la gare routière, par la beauté de la baie. Ce n'est que dans le brouhaha de commérages, de musiques et d'invectives de ces vans bondés qu'il a le temps de laisser ses yeux s'échapper plus loin que ses bras et voir, droit devant lui, le bleu de la mer s'évaporer dans le ciel. L'air ce jour-là est pur et la baie s'élargit jusqu'aux montagnes des Trois-Îlets. Des bateaux se prélassent sur l'eau scintillante et des gens se baladent, sans but apparent, sur le bord de mer.

Kim quitte le désordre du taxico dans un soupir, poussé du coude par une matrone pressée qui attend un rang derrière lui. Sur le bitume le bruit le rattrape, et il traîne ses savates. Arrivé sur la rue Isambert, il reconnaît Frédéric tout de suite, de loin, avec son panama acheté trop cher dans une boutique des Trois-Îlets. Kim a vu Frédéric presque tous les mercredis, chez moi, depuis la naissance de Cédric. Bien qu'il ne l'ait jamais apprécié, Kim a toujours été poli avec le père de mon fils. Mais ça fait un moment que j'ai donné congé à Frédéric. Et si je ne lui parle plus, Kim ne lui parle plus non plus. Alors Kim n'a pas l'intention de croiser Frédéric. Il changerait de trottoir s'il le pouvait. Mais les routes de l'en-ville ne laissent pas les chiens sans laisse poser leurs pattes hors du caniveau. Il est dans un goulot défoncé entre une file de voitures garées et un mur couvert d'une fresque de Xan. Frédéric est dans son goulot.

Il ne connaît pas Kim comme ça, Frédéric, il ne l'a jamais vu affublé du déguisement féminin attaché au sexe qu'on lui a défini à la naissance. Pour Frédéric, cette femme devant lui est juste une boule de chair moulée dans du tissu papier cadeau avec des dessins pornos dessus.

D'habitude, Kim baisse les yeux quand ça arrive. L'habit féminin le rend moins téméraire. Donc d'habitude, il baisse les yeux. Il ferme les fenêtres et il trace son chemin. Mais ce jour-là, après le carnaval, après des nuits d'insomnie à écouter au loin les moustiques de Léonide, Kim ne compte pas s'aplatir devant cet homme qu'il méprise. Il veut voir sa tête quand il le reconnaîtra. Alors Kim affronte Frédéric. Il a les couteaux tirés pour lui répondre. Il sait très bien, très bien ce qu'il sortira à cet homme s'il ose ouvrir sa bouche sur lui.

Mais Frédéric arrache les fringues de Kim avec ses yeux. Il humecte ses lèvres. Il est à trois mètres. Ses mains dans les poches il se frotte quelque chose sur la cuisse gauche. L'air qu'il traverse semble dense, et il le prend, il nage en crawl dans son bocal. Il est chez lui quand il regarde Kim. Il met sa bouche en cul de poule. Deux mètres, il commence à respirer fort, un mètre en face de Kim, il aspire sa salive sur sa langue bruit de succion il croise Kim. Il dit : « *Vini sisé mwen.* »

C'est original. Généralement c'est Pute, Skétèl, Gwo bonda, Ya sa la ou juste Psst. Là, l'homme a fait une phrase complète. Le temps que Kim étudie la complexité langagière de l'intervention créole du quidam, Frédéric est déjà dix mètres derrière lui et Kim n'a rien dit, rien fait. À cause de la surprise. Ce trait littéraire a bouleversé le scénario qu'il s'était dessiné. Et poursuivant son chemin, Kim égraine une litanie de reproches idiots expliquant son silence ababa, et émerge de sa sidération seulement au feu du boulevard Charles-de-Gaulle. Il murmure en incantation : « Mon corps, mon corps habite de nouveau mon esprit. Là je sens que tu es quelque part. Mon corps reste mon corps. Reste avec moi. »

Il n'y a pas d'air en ville.

On crève de chaud sous les tôles et le vent ne traverse pas les vieilles bicoques en parpaing. Pas de parc, pas un jet d'eau pour adoucir la respiration. On a juste tracé des boulevards mis une pelouse sur un champ de Mars mais Kim ne voit devant lui aucun banc pour poser sa carcasse désossée par le coup des trois mots.

Il marche un moment sous le soleil chaud sans se souvenir où il va. « *Vini sisé mwen* » résonne comme un vieux zouk carreau dans sa tête flègèdè, il n'entend même pas les deux gars qui au passage de la préfecture glissent leurs insanités sur sa peau et la mordent sans même la toucher.

Kim ne m'a jamais raconté cette histoire.

Il ne l'a racontée à personne. Il ne croit pas que je trouverais les mots. Il n'a pas tort. J'ai le féminisme kapon. Je parle fort mais je ne fais pas grand-chose. C'est ma stratégie de guerre. Je n'en rougis pas. S'il me parle de cette rencontre, je pesterai un peu, pour la forme, contre ces soldats du patriarcat qui patrouillent dans nos rues. J'évacuerai le sujet Frédéric d'un *tjip* sibyllin. Et puis vite, je dirai à Kim d'arrêter de pleurnicher. D'arrêter de pleurnicher et de continuer.

Ensuite, Frédéric a violé une femme.

C'est pour ça que Kim l'a tué.

En tout cas, c'est ce qu'il a toujours dit aux flics.

Il l'apprend en passant garder mon fils Cédric, à Dillon. Deux dames causent devant la boulangerie, près du marché, là où on vend des bouteilles d'eau de coco. Kim, lui, attend une marchande partie chercher un sachet de goyaves, pour faire un jus. C'est le carême. Il fait beau. Les dames ont chaud dans leurs gran'robes de faux satin qu'elles sortent pour aller à l'église Saint-Thomas. C'est un spectacle comme un autre, cette église. Kim aime s'y promener le samedi matin quand il sort du bus. Ensuite, il me raconte pendant que je fais mon sac pour Macabou :

— Le prêtre, c'est un jeune gars du coin qui a reçu l'Esprit-Saint des mains du Christ lui-même. Il est tellement couvert de tissu que t'as l'impression qu'il pourrait marcher sur l'eau.

— Cesse de blasphémer devant mon fils, Kim.

— Attends, attends, j'ai pas fini ! Écoute ça. Il paraît qu'il fait de l'exorcisme, et qu'il convoque autant les saints que les orishas dans ses séances de purification. Maman adorerait.

— Tu les as vus, pour raconter ces âneries ? Tu m'as l'air bien informé...

— Mais personne ne les a vus en vrai ! Personne l'admettra en tout cas, mais tout le monde en parle dans le quartier, fais pas l'innocente, tu le sais mieux que moi, je suis sûr !

— Mmh...

— Il paraît que c'est plus efficace que la chimio. C'est une star le gars. Tous les ravèt légliz, les hommes et les femmes, éjaculent littéralement en criant Amen quand il leur donne la bénédiction.

— Kim !

En écoutant les deux commères qui attendent leur bouteille d'eau de coco, Kim sourit et affirme en son for intérieur que sa description n'était pas exagérée. Ces dames sont dans un tel délire post-coïtal qu'elles ne s'entendent même pas parler, qu'elles ne voient même pas le monde entier écouter ce qu'elles hurlent au ciel. Et elles disent :

— Boeing, *yo ka krié'y Boeing. Misié-a ja ni konmen ich an péyi-a, é i bizwen mété an lot adan bouden kousin-mwen an.*

— *Sé tifi-a osi pou séré janm-yo.*

— *Y pa mandé'y lapèmision. Boug-la pa sa mandé lapèmision.*

Anh...

— Le Seigneur lui pardonne. Et le Seigneur pardonne aussi à cette fille-là ! Quelle idée de laisser un vieux monsieur comme ça s'approcher de toi si tu cherches pas un problème ?

— Mais elles savent hein, elles le voient. Je ne vais pas m'apitoyer sur ces filles-là encore, *gadé yo ka maché toutouni toupatou*, Jésus Marie Joseph, le diable n'a pas à faire d'effort pour entrer dans ton corps quand tu ne mets pas de barrière devant lui.

— *Ou ni rézon*, c'est vrai c'est vrai, mais le diable c'est pas les filles. Le diable même c'est ce monsieur-là. Prie pour elles, le Christ les sauvera. Mais que le diable prenne Boeing en Enfer ! Je te dis, *tjip*, ce gars-là ? Une malédiction !

Boeing, une fusée qui passe, un trait dans le ciel. Boeing, comme le rebondi des formes des gens qui portent les lendemains des jours de mauvais sort. Boeing, une fusée qui danse et court sur le sable chaud. Boeing Boeing... Juste une chansonnette rigolote qu'on traîne aux enfants pour leur dire la vie, là, la vie d'ici où les gars roulent dans leurs bouches siwo les dombrés doux de leurs folies. Boeing est passé partout et partout il brillait et dansait dans le ciel avant de disparaître à travers un nuage. Et ses demains s'étendaient en soupir sur le matelas des femmes laissées délaissées, des femmes qui se remettaient bien trop vite de laisser couler le sang du Boeing sur leur peau noire.

Boeing. C'est une vieille chanson créole qui sifflait tout le temps dans ma maison quand j'étais enceinte. Une de ces mazurkas envolées qui conte et raconte nos souvenirs, notre histoire, l'histoire des gens d'ici et des gars *san fouté* qui ne servent à rien d'autre qu'à creuser cette histoire dans le ventre des gens.

C'est comme cela que Frédéric aimait que je l'appelle. Et je l'appelais Boeing.

Alors Kim a su dans la rue que Frédéric passait partout et que partout il ramassait les cœurs lapidés. Et parfois, arrivé au port, il volait les gens, même les gens qui ne volaient pas encore.

POUR INTERROMPRE LE CERCLE

L'appartement de Kim a un balcon sur l'en-ville, un strapontin de makrelkaj où traîner ses yeux sur la vie des gens en attendant que la sienne passe. Ce genre de carrés de balcon suspendus dans la rue. Les gens qui marchent ne se rendent pas compte qu'il est là, au-dessus, dessinant au ciel des arabesques en fer forgé. Kim a un de ces petits balcons, au deuxième étage, rue Lamartine. Il y a la Chine au rez-de-chaussée, Cuba à droite, la Syrie sur le palier, mais c'est le Venezuela qui vit dans son salon, avec sa bachata commerciale tissée à longueur de journée dans un transistor mal réglé. Kim a appris l'espagnol en pestant bruyamment sur ce voisinage mélomane.

La nuit, Kim se coince sur son balcon pour fumer un joint ou juste pour prendre l'air. Regarder le ciel. Il a vue sur l'appart d'en face. Des Indiens. Il ne les voit jamais chez eux, leur fenêtre est obstruée par une vitre sans tain sur laquelle se reflètent les lumières de Trénelle Citron. À son balcon, Kim n'entend pas les grenouilles. Mais parfois, tard la nuit, il voit des lucioles.

Le carillon réveille Kim tous les matins à Foyal. Il le trouve très beau, ce carillon. Il y a des gens qui détestent ça. Parfois les voisins jurent en espagnol à son écho, les lendemains de fête... *Por Dios, ¡ maten a ese maricon* ! Ça amuse Kim d'entendre des Vénézuéliens fans de bachata blasphémer contre un bon concert de cloches. Kim n'a pas de statue de la Vierge Marie dans son salon, lui. Mais il aime le carillon. Il aime sentir sa vibration dans l'air et jusque dans son sang. Le carillon prend là, dans sa chair. Il sonne, d'abord, juste pour donner l'heure. Et puis il accélère, un peu. La cloche part dans les aigus, fort, elle mord quelque chose. Kim aime ce moment-là, quand ça se décroche, c'est là que la cloche réveille tout le monde. La dissonance. Ça énerve, les notes qui ne tombent pas juste. Mais ça berce Kim, ça le rassure, la différence. Et vlan la grosse cloche repart, elle balance son corps de gauche à droite, on vacille avec elle, ça lui a donné la nausée un jour comme s'il était en fond de cale du bateau pour Sainte-Lucie. Et puis la musique s'éloigne, elle surfe sur le petit matin. Des clochettes s'agitent un peu comme dans les contes de fées. Kim se revoit, enfant, dans son lit, se racontant des histoires pendant que...

Et le jour vient. Et Kim n'est plus pareil. Il ne peut pas ouvrir les yeux, il attend, une heure peut-être, que la dernière vibration étalée dans son ventre ressorte par sa gorge. Il a besoin de crier, rien ne sort. Il a besoin de crier. Rien ne sort.

Kim a déjà décidé de tuer son père. Kim a déjà décidé de tuer Frédéric. Il ne supporte plus de respirer l'air d'un monde où les crimes restent sans jugement.

Mais selon les Souffles, c'est bien plus tard, sur son balcon, que Kim décide le meurtre de trop, le meurtre qui m'a tout volé, le meurtre qui m'a pris jusqu'à l'amour que j'avais pour mon propre frère.

Depuis sa rencontre avec les adoratrices de Saint-Thomas, Kim tourne sans pouvoir arrêter une idée. Il tourne son bobo, il le fume, il le boit, il le tord dans sa tête et il a mal. Dans sa transe intérieure, il tue son père, il tue Laurent, puis il voit s'étaler des lendemains égaux aux jours qui les ont précédés. Il voit encore des hommes arracher des vulves et enchaîner, encore, sa lignée dans un puits de silence et de cris. Et sur le fil de cette ligne, les volutes de la drogue le font plier de côté et il voit, il voit qu'il n'y a jamais eu de lignée. Il voit que l'histoire n'est pas une ligne droite, c'est une boucle dans laquelle il roule, à en vomir, de retours perpétuels aux fers, au viol et aux tourments. Il faut que ça s'arrête. Il ne sait pas comment ça s'arrête.

Kim passe le carême à jeun et vomit chaque fois qu'il tente de manger. Il a le tournis. Il marche en cercle, il dessine à la craie des cercles, sur le sol, sur les murs, sans savoir ce qu'il fait, traçant dans sa transe des portes pour les esprits qui depuis les siècles passés réclament leur vengeance à défaut de justice. Et puis un soir, Kim pète les plombs et brise le cercle d'un coup de pied rageur, en entendant passer encore sous son balcon la poétesse de l'en-ville pour sa nouvelle annonce de l'apocalypse.

« Sors sors sors ! Le Dieu. Le Dieu est annoncé ! Il porte les sabots du juge. Amer, toi qui sais le lieu des morts et le temps des vivants. Le Dieu avance. Il sait le sang que tu as versé ! Satan ! Sors sors sors ! Ton corps est las sous les griffes des saints ! Là ! C'est l'heure de ton jugement ! Oui ! Obatala ! Adonaï ! Prends la sueur froide collée à mes tempes en longues bandes gercées. Démon ! Le temps t'appelle à d'autres terres où nul ne fera plus de mal. Sors sors sors dans la vie d'après la mort, d'après la mort... d'après le temps glorieux des gens faux.

Sors sors sors de mon corps blessé et donne au temps laissé le cœur sanglant du soleil d'or. »

Kim a chaud. Il n'a plus de place dans son corps, dans sa peau. Il doit sortir de là. Il sort de là. Cette nuit de fièvre à Foyal, Kim se lève de son vieux fauteuil en skaï, il traverse son salon en trois enjambées, il enfile un t-shirt qui traîne à l'entrée, ouvre sa porte et la claque sur les mensonges. Et Kim marche. Il n'a peur de rien, il est comme un chien fer lâché sur la Savane, la peau lisse caressée par le vent, noire et argentée sous le clair de lune et le pas leste, agile, franc. C'est là quand il fait beau et seul que Kim est maître de l'en-ville, dans son jardin. Cette nuit-là à Foyal, Kim marche. Il prend le boulevard, puis la rue Arago, et à Perrinon il tourne et marche, tout droit. Il regarde le sol d'abord d'asphalte noir et brillant sous une fine pellicule d'eau tombée de miracle en un jour sans pluie. Le bruit, partout, se tait dans ses yeux. Il ne voit plus autour de lui le ronron assourdissant des climatiseurs, qui à minuit encore empeste le rivage. Il glisse seul sous le regard du vent, et il fixe ses pieds libres d'entraves. Marcher. Il pense à son père. Il pense à lui-même. Il pense au corps de sa sœur qu'on écrase, au corps de sa grand-mère et des autres avant elles. À son corps qui se transforme et qui ressemble trop à celui de son père. Il pense à son corps interdit d'être lui-même, dévoré par l'histoire, rejeté avant même d'exister. Il marche, il saute sur les trottoirs, slalome entre les bites et évite les junkies étalés dans leurs limbes. Il atteint le boulevard, reprend la rue Perrinon et traverse, encore, pour voir. Pour retourner sa tête encore une fois sur son problème. Il refait le labyrinthe de l'en-ville pour défaire le lien qui le tient encore à la raison. Et puis arrivé à la statue de l'impératrice Joséphine, dans la verdure étalée et fraîche de la Savane, il s'arrête. Son sang, chauffé à blanc sous les étoiles, est retombé dans ses chevilles, sec. Kim lève les yeux sur la peau nacrée et les toiles lourdes de la plus fameuse des fiancées. Les courbes de son dos, de ses bras, lascives et sereines, donnent à Joséphine l'air de s'évanouir. « Ah qu'elle tombe, qu'elle se liquéfie, cette putain de statue ! Ce serait bien beau de voir mourir, une fois, une esclavagiste en place publique. » Et disant cela, Kim pose ses yeux gourmands sur la ligne sanglante de son cou où, il y a bien longtemps, on s'est appliqué à lui trancher la tête. « Voilà son seul jugement. » Il crache sur le socle de la statue de l'impératrice, où on discerne encore le Sacre de son salopard de Napoléon, et il tourne les talons en carrant sur elle. Frappant le sol, Kim file droit vers le canal Levassor, prenant dans la carotide sanglante de l'impératrice la force qui manquait à son idée. Il veut lui aussi trancher la gorge à l'histoire, faire couler le sang de sa mémoire, faire tomber la tête des assassins de son sang et rêver un lendemain sans que leurs corps victorieux ne piétinent encore son existence.

Mélange de cris de l'au-delà et de ses souvenirs, il perçoit en marchant dans son esprit les mots des fantômes mêlés aux chants des poètes de la nuit qui résonnent partout dans les rues de Foyal, comme s'ils en savaient plus que lui, comme s'ils savaient mieux que lui traverser les mondes avec leurs drogues mortelles.

La semaine qui suit, la ville, ses mots du jour qui stressent les entrailles et ses mots de la nuit qui serinent une litanie de fin du monde. La ville prend le corps de Kim. Il sent toujours sur sa peau sa langue boueuse. Elle trouble son sommeil, et bave dans ses pores des sueurs froides à l'aurore. La ville prend le souffle de Kim. Elle lui ramène le soir venu les cadavres des gens perdus dans la mer et lui susurre à la nuit pleine le désir et les éclats. La ville prend la vie de Kim comme on prend un enfant. Quand la ville lui sourit, Kim la prend dans ses bras. Besoin d'un câlin, il se glisse dans ses draps et meurt avec elle quand vient le jour.

Kim veut en finir. Il ne suffirait pas pour cela de mourir. Il faut mourir ensemble, d'un geste de courage pour mettre fin à une vie étirée par les siècles, et qui n'a pas su s'extraire de la souffrance. Kim veut finir la litanie injuste où chaque génération étouffe dans le silence la blessure qui l'a précédée. Kim veut en finir avec les mensonges en plongeant sa lignée dans le silence.

Kim veut tuer Cédric, parce que c'est plus facile de tuer un enfant que de tuer un souvenir. Kim veut tuer Cédric parce que, sans cela, même Kim mort, le souvenir du crime impuni lui survivrait encore.

POUR FAIRE PARLER LES GENS

23 avril, libre antenne de 10 heures. La chasse à l'homme est ouverte. On en fait des calembours, ambiance badine, derrière les postes radio. Faut-il parler de chasse à la femme? Mais est-ce vraiment une femme? Est-ce vraiment un homme? Les journalistes recadrent. On cherche une personne qui a tué un enfant. Bien, c'est vrai, c'est un scandale, mais n'a-t-on pas tous notre responsabilité dans cette affaire? C'est un homme qui parle, homme de foi, pasteur à ses heures. Il dit: Lorsqu'on invite le diable à sa table, il y reste manger matin et soir. Nous savions que le péché entré sur nos terres ne partirait pas. Nous avons laissé les invertis ennemis du Christ pulluler chez nous. Nous payons le prix.

Nous parlons d'une personne qui a tué un enfant, rappelle la journaliste. Une féministe passe à l'antenne. On lui demande d'aller vite. Elle fait remarquer qu'on ne s'attarde jamais autant sur le sexe d'un criminel lorsqu'il s'agit d'un homme cisgenre. La journaliste la remercie.

C'est abject! Quelle horreur! Quel monstre! C'est une jeune fille qui parle. Elle pense à la mère de l'enfant; il n'y a pas pire châtiment que de perdre son enfant, elle prie pour elle.

Une femme insiste encore pour passer à l'antenne. Elle a la voix blanche. Elle appelle toute la population à se mobiliser pour trouver la coupable.

La journaliste rappelle le numéro d'urgence pour les appels à témoin.

Non, l'auditrice en appelle à la population, elle ne fait pas confiance à la justice coloniale. En prison, cette personne qui a tué un enfant, ce monstre, vivra quelques années à nos crochets et puis on la libérera parce qu'il n'y a pas assez de place. On ne peut pas faire confiance à cette justice-là, non. Il faut se faire justice. On doit se faire justice.

On coupe la liaison, les animatrices ont reçu un mot de la direction. Elles rappellent le public à l'ordre : il faut laisser la police faire son travail, et la chaîne ne tolère pas les appels à la haine, encore moins les appels au meurtre. C'est interdit par la loi de faire ça. Quelqu'un a-t-il une information importante à transmettre à l'antenne ? Le suspect est une personne transgenre prénommée Kim. Il a été vu pour la dernière fois devant la maison de ville de sa sœur, où il rendait visite à son neveu. Kim a 26 ans, il mesure 1,77 mètre, il a la peau noire, porte des locks coupées au carré, des boucles aux oreilles et de fines et longues cicatrices sur les bras. Il est armé et dangereux. Les victimes sont un enfant de six ans prénommé Cédric, et Frédéric Justille, un fonctionnaire territorial de 38 ans. Le petit Cédric a été vu pour la dernière fois vendredi à 17 heures en sortant de la garderie de l'école Jane Lero. Il portait l'uniforme beige de son établissement. Si vous avez vu l'une de ces deux personnes hier, si vous souhaitez témoigner, appelez le standard.

Pas de réponse des auditeurs et auditrices.

Le débat migre sur Télégram. On y diffuse des photos de Kim fille et garçon et des extraits de la Genèse en pièces détachées. Personne ne retient bien le nom des victimes. Un message devient viral : « Une jeune transsexuelle de type afro-caribéen a tué un enfant de sa famille ce mercredi après-midi à Dillon. Merci de partager toute information à son propos. Préparons-nous à l'intercepter afin de mettre fin à de telles ignominies dans notre pays ! »

Le message fuite sur WhatsApp, Facebook, Twitter. C'est pas bien. Qui a publié ça ? Les gens ne se rendent pas compte, c'est n'importe quoi. Ça jase à la rédaction. Personne ne pipe mot à l'antenne mais l'animatrice professionnelle du rappel à l'ordre partage le post sur Télégram. Elle est taguée par un camarade rancunier, et on apprend en pleine antenne que la star du micro a appelé au meurtre du meurtrier. Sortie du studio elle se retrouve dans le bureau du directeur. Dans le couloir ça hurle censure vie privée dictature.

Midi sonne. La Martinique part à la recherche d'un trans dégénéré qui a tué un gamin dans les faubourgs de Fort-de-France, sous fond de trafic de stup et de proxénétisme. À vomir, mais on ne peut pas attendre mieux d'un déviant de la Dillon, non ?

Un instagrameur fait une vidéo rigolote où le trans baise avec un petit garçon. On la passe sous le manteau dans le commissariat. Allez c'est pour rire. Il faut bien détendre l'atmosphère !

La commissaire Jean-Séverine explose contre un mur le smartphone de service qu'on lui présente. Silence. Choc. Malaise. Elle claque la porte de son bureau. Elle a ses règles ? On demande. Éclats de rires les jambes ouvertes.

POUR EFFACER SON VISAGE

« Ça arrive à tout le monde, de vouloir tuer quelqu'un. C'est juste qu'il n'y a que les monstres pour aller jusqu'au bout. »

Dans la case, Kim s'est lancé dans une partie de dames avec Laurent. Histoire de passer le temps. « Moi en vrai », reprend Kim, « c'est pas la première fois. Une nuit, déjà, j'ai failli tuer quelqu'un. J'étais épuisé, c'est vrai, dans un de ces sommeils profonds d'après l'amour, cette espèce de trou où on se laisse tomber. Et je voulais rester là, sans bouger, moite. Mais un cri glaçant m'a levé en résonnant sur les murs comme un sifflet de carnaval. J'ai ouvert les yeux. La lumière de la ville faisait dans ma chambre des ombres orangées, des taches de soufre apocalyptique qui me rappelaient le ciel de Paris. Affreux. J'ai cligné des yeux, juste pour les fermer, et puis la voix de cette femme a explosé mon univers. Encore. Elle disait :

Lakay-mwen ! *Ban mwen lakay-mwen, bann makoumè* ! *Ban mwen'y, mwen di zot* ! *Zot konprann mwen pa sav ki koté zot yé* ? *Ban mwen'y* ! *Pè pé pé, mwen pé ké pé* ! *Ah* ! *Kouté sa, kouté* ! *Sakré isalop* !

J'en avais rien à faire de la poésie du devant jour de cette Négresse folle, j'étais au bord du précipice. J'ai attrapé une bouteille de Bay Rum sur le chevet, j'ai bondi dans le mouvement, le couloir, le salon, la fenêtre. La tête grainée de cette clodo rasta sous mes jalousies. J'ai lâché la bouteille. Mal visé. Elle est tombée dans la poubelle à côté. Sans même exploser. La femme folle l'a même pas vue. J'aurais pu la tuer ce jour-là, tiens. Et peut-être ouais, peut-être que j'aurais dû. Je n'aurais pas fait ce que j'ai fait si j'étais déjà allé en prison pour avoir achevé une vieille Négresse camée qui bavait sa vie dans les rues.»

Cette vieille folle, elle a la voix de Maman. Elle a peut-être celle de l'arrière-grand-mère Léonide, un peu. Elle porte comme toutes l'histoire de ce pays, ses maux ses mots ses terreurs et sa grandiose beauté. Quand elle passe dans les rues, Kim est absorbé par sa transe et revoit la case en songe. Il la revoit avant sa naissance, avant celle de Maman et de ses aïeules. Kim voit des enfants tombés dans la terre battue et laissés là en attendant qu'ils veulent bien mourir. Kim les voit pousser un cri entre les mains de femmes saisies de spasmes, effarées par leur sang, par leur corps, par leur sexe, par leur force et terrifiées par leur amour.

«Une autre nuit», reprend Kim en collectant des pions, «j'ai eu envie de descendre la prendre dans mes bras, cette Négresse folle. J'ai pensé plein de trucs à faire avec elle. Boire une bière, lui donner des sous. L'accompagner aux services sociaux. Des conneries. J'ai rien fait. J'ai juste écouté sa voix qui scandait la fin du monde. Elle avait la tendresse des mots de Maman, Maman quand elle m'endormait de paroles et fermait mes yeux sur un océan de mensonges. Je m'endormais en aimant sa caresse. Je m'endormais en haïssant ses mensonges. Je m'endormais, j'avais envie de savoir, de voir, de toucher son monde. Elle me donnait seulement l'amour, mais ce n'était pas assez. Alors je voulais la tuer comme je voulais l'aimer. »

Kim gagne la partie. Il range les pions sans goûter sa victoire. Un spasme creuse un sillon entre les yeux de l'assassin. Le grain d'un remords. Kim lit dans les yeux de Laurent le jugement du monde sur lui. Il se voit dans le miroir de sa cornée, horrible criminel. Et pourtant. Pourtant tout ce qu'il a fait, il en est persuadé, c'est par amour qu'il l'a fait.

« Je voulais pas qu'il souffre, le petit », assure Kim à Laurent. « J'étais pas non plus capable de lui trancher la gorge. Il n'a encore rien fait de mal. Il méritait pas de souffrir. Ces yeux-là, ses yeux à lui qui agonisent... Je m'en souviendrai toute ma vie. Je regretterai toute ma vie. Mais c'est pas moi ! Moi j'ai essayé, j'ai essayé de le tuer vite, qu'il ne souffre pas. Je voulais pas l'étrangler, je voulais un flingue, moi. La semaine dernière, j'ai demandé au Cubain du troisième de me trouver une arme. Il m'a menacé d'appeler la police... *Tjip*, les gens sont si loin de leur réputation...

« Finalement, j'ai tué Cédric avec mes mains. C'était ça ou le couteau. Je l'ai étranglé, en le regardant dans les yeux. Il m'attendait. Édith n'est jamais là le samedi. Elle passe ses week-ends à Macabou chez le marabout. Frédéric était avec le petit depuis la veille au soir, et comme chaque samedi, il m'a demandé de garder son fils pendant une heure le temps qu'il fasse ses affaires. J'ai pénétré cette maison comme on entre en terre nue : comme si elle était à moi. J'ai trouvé Cédric lisant dans le canapé, déjà seul. Il s'est levé pour venir vers moi. Je n'ai pas salué mon neveu, j'ai juste tendu les mains vers sa gorge et je l'ai serrée. Il a cru que je jouais, une petite seconde. Et puis il a vite compris. Cédric savait qu'il allait mourir. Il savait que j'allais le tuer. Je le revois je le revois… Il agite ses membres, il griffe mes avant-bras, je le balance contre le plan de travail. Je n'arrive pas à l'assommer, son sang coule. Il me regarde. Il me regarde… Je crois que là oui, là j'ai eu un doute. Je ne voulais plus, ça n'avait plus de sens. C'est qu'un gamin il n'y est pour rien, je me suis dit. Peut-être, peut-être que lui, si on le laissait essayer de devenir… Et puis Léonide me pressait et je ne pensais plus alors, il a fermé les yeux. Et sur son visage cireux j'ai vu se dessiner tes pommettes creuses, Laurent, et puis les miennes, et puis cette bouche, ma bouche qui ne disait toujours rien. J'ai vu sur son visage terrifié tous nos foutus silences kapon. Alors j'ai serré plus fort. Et puis j'ai lâché. Il était mort. Et puis j'ai attendu, en silence, longtemps, sans rien entendre dans mon esprit perdu, j'ai attendu en lisant sur les murs jaunes et le lambris de plastique écaillé ma mémoire en dérade. J'ai bu l'air putride mélange de poubelles cramées de sable nitrique et de pesticides en aérosol, sans un mot, seul, courant dans mon esprit pris. J'ai attendu celui qui pissait encore hier le nom de toutes les femmes de mon pays, le nom de toutes celles qui meurent chaque jour en silence pour qu'il verse au sol sa semence traître ! Frédéric est entré une heure plus tard. Il a ouvert la porte de la cuisine. Il a vu son fils à terre. Il n'a pas dit un mot. La sidération : la surprise. J'ai planté mon couteau dans son dos. Encore. Et encore. Et je lui ai tranché la tête. C'était moins facile que je le croyais.

« Quand je suis parti, la glace froide du buffet m'a rendu mon visage. J'y ai vu ce putain de sang de violeur creusé par mes ancêtres, toujours là. Alors j'ai tourné les talons, j'ai marché j'ai marché j'ai marché, et puis j'ai atterri dans un bar en ville, et j'ai bu, j'ai baisé au Saint-Esprit, jusqu'au bout de la nuit. Et au bout de la nuit, je suis venu chez toi.

« Maintenant, il ne reste rien. Il ne reste que moi mourant dans une cellule demain, mourant sans descendance, mourant dans une cage, seul avec mon histoire.

« Je ne regrette rien. J'ai eu une très belle vie jusqu'ici. Ça peut s'arrêter ce soir, ça ira. Il faudra le dire aux gens, ça, leur dire que je n'étais pas une épave. Je n'étais pas un mec camé perdu sur un trottoir. J'ai choisi ma mort, plus glorieuse. Je n'étais pas une épave, non. J'étais un vaisseau amiral. Il y en a qui comprendront, tiens.

« Bon je vais prendre un verre, moi. Finis de pisser ton sang, Laurent. J'ai pas toute la journée. Pff, cette bouteille d'esclavagiste que tu traînes là, t'as pas honte, de boire un truc avec un serpent négrier tatoué dessus ? T'es vraiment qu'un crevard. Moi je toucherai même pas le verre de ce truc, attends. Là ouais un bon Neisson, ça c'est du vrai avant de mourir. Ah je le sens, le cœur de mon pays, là, ah je sens mon tambour jouir dans le fondok de mes silences ! »

Par la fenêtre de Régale, le monde chante quelque chose. Kim ne l'entend plus. Il fait beau.

Son corps s'allonge dans l'ombre des barricades, il sirote son verre de rhum en fixant le vide, le dos droit, les jambes ouvertes, les pieds ancrés dans le ciment de son territoire. Il tient son couteau dans sa poche. Il a tué quelqu'un, non, il a tué trois hommes : Cédric, Frédéric et puis Laurent. Et il va se faire prendre. Et voilà l'homme devenu, faute des héros qu'on lui a cachés, voilà Kim incarnant celui qu'il croit être un homme quand il n'a pas cessé d'en être un.

13 heures. Madame Justille est restée muette à l'annonce de la mort de son mari. La commissaire Jean-Séverine attend le moindre tressaillement de sourcil, de commissure de l'épouse, pour orienter son enquête. Il faut faire vite. On n'a pas de temps à perdre en commisération. Un enfant de six ans et son père ont été tués. L'assassin court toujours. Il est armé.

— Madame Justille... savez-vous qui pourrait vouloir du mal à votre mari ? Ou à son fils ?

— Je me contrefiche de ce qui peut arriver à mon mari, madame. Et j'apprends l'existence de cet enfant. Alors permettez-moi d'éluder la question.

— Madame, depuis combien de temps n'avez-vous pas vu votre mari ?

— Je suis en garde à vue ?

— Non, non c'est juste...

— Sortez de chez moi. Si vous voulez me parler de nouveau, je donnerai aussi à votre collègue le numéro de mon avocate.

L'éclat glacial de l'œil de cette femme foudroie la commissaire, qui ne sait pas quoi en faire. Elle laisse dans un silence toute son expérience juger la situation. Madame Justille ne desserre pas l'étreinte de ses yeux sur les siens. Elle ajoute : « On pleure toujours la mort d'un enfant. Mais ce type est un enfoiré. C'est peut-être pas plus mal de le laisser sans descendant. Si vous cherchez une pleureuse, allez donc chercher sa veuve. À Macabou. Et bonne journée. La mienne n'a pas trop mal commencé. » Elle tourne les talons, et retourne asseoir son épaisse silhouette enrobée de satin fleuri devant son écran de télévision.

« On fera la fête ce soir, aussi », prophétise Kim dans la case. « Mais c'est plus mon truc. Mon truc à partir de maintenant, c'est de ne plus être personne. Mon truc c'est de ne plus être d'ici. Mon truc c'est quatre murs où traîner pour le siècle ma carcasse parasite et emmerder le monde entier. J'espère qu'en taule on entend les grenouilles, la nuit. Ça ne me gêne pas d'être derrière les barreaux, je ne servais pas à grand-chose de ce côté-ci des grilles de toute façon. Mais le silence, ça, ouais... Ça, ça me fait peur. Je voudrais juste une cage avec vue sur le jardin. Ça et de quoi écrire, pour pas devenir dingue. Et les grenouilles chanteront pour moi. Ma mère les enverra, elle leur donnera mon nom, le lieu de ma cellule, et au milieu de la nuit ce cri-là dans ma chambre me dira qu'elle pense à moi. Ouais. Je crois en ces choses-là. Il y en a qui croient en Dieu. Ils sont plus à plaindre que moi. »

L'alcool coule de nouveau dans les muscles de Kim, il arrête son temps. Il vit la dernière heure au ralenti, il glisse dans un vieux film en noir et blanc. L'alcool glisse et traîne le souvenir perdu de ses gènes salis. « J'ai pas laissé ma vie de côté, non, je la vois tous les jours, je la prends dans mes bras comme une lettre oubliée sur un banc et je l'ouvre ma vie, moi, je l'ouvre ! Et c'est bon. Je l'ai épuisée c'est bon. Laisse-moi ici, laisse-moi crever dans mon coin comme un gosse perdu, comme un gosse à personne, comme le gosse oublié que personne n'a jamais vu. Donne-moi de l'eau pour mourir en martyr. Je suis las d'estomac, étalé sur la fange, étalé sur le sol nu des sentiments morts. Je suis une harde insolente qui s'élève soudain comme un tapis volant ! Regarde-moi, Papa ! L'alcool court dans mes veines molles et rend dans mes soupirs ses relents acides. C'est moi, le poète de ce temps, c'est moi qui termine le temps ! Temps de rêves assoupis où s'élève ma vie écartelée ! L'alcool court dans mon sang et j'attends qu'il oublie le silence des maux durs attrapés sur la route, le silence des mots doux évadés sur ma route. L'alcool tire sur mes bras le chemin du retour quand je souffle entre mes doigts. Oublie-moi toi qui sais d'où je viens. Oublie-moi, venu sur ton chemin arracher la gorge de mon bien-aimé pour couper le trait discordant de ma propre descendance ! »

POUR SE VENGER

« Et maintenant tu es comme un porc à Noël. Vidé de tout ton sang. »

Kim se délecte du spectacle du corps de son père étalé dans le salon.

Il n'y a pas de porte, dans la case. Les gens bien élevés savent où arrêter leurs pieds entre le dehors et le dedans. Sur le seuil, le monde entier ôte son regard, dévie ses sentiments et son jugement de la sombre lueur que dégage le foyer. On ne se brûle pas les yeux dans l'acide du linge sale. Il n'y a pas de porte, mais un mur est là. Il ne branle pas.

Alors quand Kim est arrivé devant la case, à trois heures du matin, ses pieds couverts de boue, de cailloux et ses vêtements tachés de sang, le bois lui a insufflé la honte, interdit le passage et murmuré de reculer d'un pas pour éponger sur le tapis ses savates souillées. Même l'assassin sait lever le pied lorsque le bois le lui réclame. Il est si gratifiant d'être obéissant.

Et en silence il a poussé la porte de la cuisine qui donne sur la terrasse, cette porte que selon Maman, notre père ne fermait jamais. Kim a allumé les lumières, sans s'inquiéter ; ça a réveillé Laurent. L'homme est sorti de son lit, torse nu, effaré. « Qui est là ? » Épais et rebondissants, ses pas faisaient trembler la maison. Un voleur aurait prestement tourné les talons. Kim est resté debout, titubant, le dos contre le mur, attendant de voir Laurent passer au salon. Il ne l'a pas laissé parler. Il ne l'a pas laissé même le voir. Il ne voulait pas d'explication, d'ailleurs, il n'y avait rien à expliquer. Laurent était un violeur qui n'irait jamais en prison. Kim a attaqué son père dans le dos, parce qu'il ne méritait même pas de savoir qui le tuait, et d'un coup d'un seul il a tiré son crâne en arrière en saisissant ses cheveux et de l'autre bras libre lui a tranché la trachée et la carotide. C'est plus facile la deuxième fois. Le colosse s'est étranglé dans un glouglou immonde avec son propre sang, et s'est laissé emporter dans ses spasmes jusqu'au canapé du salon. Kim l'a lâché là, et quand Laurent n'a plus bougé, il lui a ouvert les veines des chevilles et des poignets, s'est assis dans la berceuse du salon et l'a regardé se vider de son sang, lentement, jusqu'à la fin de la nuit, puis toute la matinée. Tout en décuvant le verre de trop, Kim a hurlé à son père tout ce qu'il a toujours rêvé de lui dire. Il a passé le temps à détruire le moindre des objets qui ornait son salon, et il a regardé la télé pour attendre encore, attendre que le corps de son père soit saigné avant de descendre son caleçon et lui couper le sexe.

« Tu ne mérites pas ce sexe », lui déclare Kim à présent. « Tu n'es qu'un lâche, une pauvre merde, qui arrache l'illusion de sa puissance en dévorant le corps des innocentes.

Tu ne mérites pas le nom d'homme, pas plus que celui d'être humain. Moi je suis un être humain. Moi je ne suis pas né avec un machin qui pend entre mes jambes mais je suis un homme. Je prends soin des miens mêmes s'ils ne sortent pas de ma chair. Je décide d'aimer et je suis prêt à mourir pour ce que j'aime. Je suis prêt à tuer pour ce que j'aime. Je suis le héros qu'Ayo, Célestine, Marie-Magdeleine, Léonide, Sidonie, Maman et Édith auraient dû avoir pour les protéger! Et voilà maintenant le serpent vidé de son sang.»

Kim place l'objet flasque et gris dans un bocal en verre.

C'est fini. Kim m'a vengée. Il a tué l'homme qui m'a violée enfant. Il a tué l'homme qui ramenait le viol dans ma maison. Il a tué l'enfant héritier du viol. Et le sang criminel qui souillait sa lignée a coulé sous la terre. Il me croit purifiée. Il me croit libre. Il me croit redevenue l'enfant que j'ai dû être un jour et qu'il n'a pas connue. L'enfant dans cette maison perchée sur le morne qui peut-être jouait à la poupée, peut-être faisait du vélo et de l'escalade dans le jardin, peut-être riait en tournant autour de Maman. Je suis redevenue par la magie du couteau une enfant, et peut-être que je pourrai enfin commencer à vivre. Retourner dans cette maison. Voilà j'ai trouvé. C'est cela qu'il voulait.

Le regard de Kim passe au-dessus du canapé et rencontre la fenêtre. Là, loin dans l'encadrement, le morne est éclairé d'une douceur nouvelle par les rayons colorés de l'après-midi. Là, la berceuse doucereuse que lui chante Léonide à l'oreille fait glisser son regard sur le relief et l'amène, derrière bois, dans le recoin d'un hameau qu'il voit à l'envers, sur les hauteurs, là, son regard rencontre la terrasse dégagée de la maison de Maman. Et son cœur bat vite.

« Ça tord, ça tortille, tu le sens ? Ça bout quelque part. Ça gonfle un ballon jaune et noir », gémit Léonide en sourdine. Kim tend l'oreille : « On dirait le soleil... Réveille-moi toi qui sais qui je suis, toi. Mon être mon sang, mon rêve d'enfant, toi. Souffle sur mon héritage, que je l'attrape... Le passé. Ça vous fout en l'air de passer ses journées à ronger un souvenir. C'est comme ce serpent brodé sur nos drapeaux, trophée des négriers, il mord le temps et il ne sort pas. La lune se souvient des jours où nous l'avons brûlé, le serpent. T'en souviendras-tu, toi ? Moi je n'oublie pas. Moi je n'oublie rien. C'est le fardeau nuisible qui m'éteint. Sors. Sors. Sors ! Sors enfin de ton lit. Sors du poison où tu es déposé. Sors, et ramène à la cendre les débris de ton cauchemar. Reviens vers moi. Brûle le cadavre amer de ton héritage. »

Kim attrape le bocal d'une main, et de l'autre, il renverse les meubles qui obstruent le salon. Il tourne le dos pour de bon à la chair putride. Sa mission, elle n'est pas finie. L'histoire n'est pas finie. Son cœur bat vite et dans un creux fiévreux, sa conscience murmure que peut-être l'histoire ne finira jamais. Il crie, sans savoir quoi crier et pousse du pied les volets pour courir sur la terrasse et plonger dans le jardin.

L'air, chaud, le vent, enveloppant. Le soleil. Étincelant. La beauté est partout sous le ciel bleu et cotonneux. Dans le silence humain du quartier, les oiseaux s'amusent et les feuilles chuchotent. Kim respire. « Sauras-tu sauras-tu purifier la terre de tes ancêtres ? C'est là, c'est là que code notre secret. Viens à moi... Fils, je te montrerai. Apporte ton trophée et appelle-moi que je vienne. Et je te montrerai comment finir l'histoire. »

Et Kim part, en courant, couvert de sang, insolent, sans jeter un regard encore à la maison du criminel. Kim s'en va en courant brûler celle de sa mère.

— Pourquoi ?

Je hurle.

Mes côtes écrasent mes entrailles et tous mes organes remontent dans ma gorge que je tends vers le plafond étoilé de mon sanctuaire. Je crache les cinq litres de mon sang, ma chair ma lymphe mes os ma bile en ébullition. Ma langue asséchée par le cri se tord de douleur et mes yeux éperdus ne retrouvent plus leurs gonds. Je veux mourir. Je veux faire sortir de mon propre corps cette âme étranglée, cet esprit affolé, ce restant de moi qui pousse son dernier soupir avant de disparaître.

J'ai uriné sur mes jambes en sanglotant sur le sol. Je cherche ma vie à tâtons sur le carrelage pour tenter de la revêtir et me relever. Je trébuche, je me perds. On me perd. « Relève toi, Édith, il faut partir maintenant. »

Je rends au fantôme un regard assassin, comme si elle-même avait tué mon fils. Je sors de la transse qu'elle m'a imposée, je reprends mes mots mes pensées mon être à moi et je ne supporte plus rien, je ne veux plus rien supporter une seconde de plus. Mes yeux rugissent et maudissent le fantôme de la torture immonde qu'elle m'inflige depuis qu'elle a foulé le sol de mon salon pour m'empêcher de bondir jusqu'à mon frère et le tuer. Ayo ne lâche pas mon regard. Elle insiste. « Relève-toi et prends tes affaires. Maintenant, partons. »

Je suis étalée sur la table basse, ma blouse trempée de larmes, mes mains blessées par mes ongles enfoncés dans ma chair. Ma voix se perd dans le souffle caverneux de mes sanglots. Je tiens entre mes mains la vie, et la vie file comme de l'eau. Je fonds, et avec moi la citadelle bâtie sur les ruines de mon corps éventré se répand en poussière sur le sol. Le cri s'est évadé aussi. Je n'ai même plus de force pour la colère. Je n'ai même pas de mots pour la douleur. Mes nerfs se sont tordus dans le pli de mon ventre. Il ne reste rien, dans ma gorge affolée, que cette question enfantine qui m'obsède.

— Tu viens de m'enfermer six heures ici, et maintenant tu veux que je te suive dehors? Démon!

— Je ne peux pas te laisser le tuer. Aujourd'hui, c'est notre dernier descendant.

— Et quoi? Tu comptes initier un assassin? Mon fils est mort! C'était lui, ton héritier!

Mon bras lance au fantôme la bouteille de poison qui m'a mise en transe au matin, mais elle le traverse et s'écrase contre un mur. Ayo me fixe, sévère.

— Kim porte ta blessure comme la sienne, Édith. Il meurt à petit feu depuis ce matin-là où pour la première fois il a entendu les bruits sourds du corps de Laurent s'enfonçant dans ton sexe d'enfant. Kim n'attendait qu'un mot de toi pour se venger, Édith. Et tu savais que sans mot, un jour ou l'autre, il se vengerait quand même.

— Non, non Ayo. Ne mets pas la quête de virilité de mon frère sur mon dos, tu ne le connais pas. C'est cette bande de petits coqs mal baisés avec qui il traîne depuis l'enfance qui lui a mis un couteau dans le crâne.

— Et tu le savais bien.

— Oui ! Oui je savais ! Je savais, et peut-être, peut-être je l'ai laissé faire. J'ai laissé Kim tuer les violeurs, je l'ai laissé faire ! Oui ! Mais mon fils, mon fils est innocent !

— C'est Léonide. Elle lui dit à l'oreille tout ce que son cœur recherche. Elle lui chante la vengeance comme parfum de victoire. Kim est perdu. Kim est ignorant. Mais Kim est plein de certitudes.

— Tu veux vraiment tout lui pardonner ? Parce que tu crois que c'est ton fils, celui qu'on t'a arraché en 1828, tu veux vraiment croire qu'il n'y est pour rien ? Que cette vieille peau folle l'a ensorcelé ?

— Non, rétorque Ayo. Léonide n'a pas ensorcelé Kim. Faute de mieux, elle l'a juste convaincu.

Je résiste. Ayo me renvoie les Souffles. Les Souffles baladent mon corps amputé encore, étirant le temps assez pour que mon sang retombe sur le sol. Je me relève de la transe. J'ai compris, j'assure à Ayo que j'ai compris, je vais la suivre, et je ne tuerai pas Kim. Il faut qu'elle cesse. Mon esprit n'en peut plus. Mais mon corps résiste encore. Cédric est innocent. Cédric est un enfant. Cédric n'a que six ans. Cédric doit retourner à l'école lundi. Cédric doit me faire un dessin pour mon retour à la maison. J'ai préparé un nouveau remède pour l'eczéma de Cédric. Cédric a dans les yeux un éclair de beauté que seule possédait Maman, lorsqu'elle souriait. Cédric a la voix qui tremble sur le « a » lorsqu'il dit Maman. Cédric court un peu de travers, mais il court très vite. Cédric aime sa Maman. Cédric aime son père. J'ai quitté Frédéric dès que j'ai appris qu'il avait engrossé une gamine du quartier un jour que je n'étais pas arrivée à l'heure à notre rendez-vous. Engrossé. Violé est plus approprié. Je ne voulais plus le voir. Je l'ai laissé voir son Cédric, pourtant.

— Mais Cédric n'a rien fait, larmoie-je encore.

— Maintenant lève-toi. Nous devons partir. Les gens de Dieu sont déjà en route pour détruire cette maison.

— Qu'ils la brûlent !

— Depuis deux ans, tu t'échines à déplacer le sanctuaire ici. Tu uses tes pouvoirs à redessiner notre vévé sur ton mur, mais la porte de Macabou n'est pas terminée. C'est celle de Régale qu'il faut sauver.

— Garder un sanctuaire à Régale ? Là où Léonide s'est pendue ? Là où Sidonie a tué son mari ? Là où ma mère est morte ? Là où j'ai été violée encore et encore ? Cette maison a déjà tué assez de monde. Qu'elle crame ! Je veux un sanctuaire qui serve la vie.

— Cette maison est aussi celle où ta mère t'a aimée. Et si le vévé y brûle, nous mourrons toutes, Kim, toi, et nous autres aussi, pour toujours.

— Qu'il en soit ainsi.

— Arrête tes sottises, Édith. Tu ne te payeras jamais le luxe de mourir. Je ne t'y autorise pas. Il y a trop à faire ici. Tu te trompes si tu crois que les esprits morts sont les seuls responsables des crimes des vivants. Je ferai le ménage dans mon monde et tu resteras dans le tien pour y faire de même, parce que l'histoire n'est pas terminée. Dépêche-toi. Récupère de la craie dans le sanctuaire et fais ce que je te dis. Il faut partir, maintenant.

POUR ROUVRIR UN TOMBEAU

Le corps de Léonide frissonne dans le caveau familial, au Saint-Esprit. Je m'en approche, pour réaliser le rituel imposé par mon aïeule. Je la hais. Je voudrais être assez puissante pour renvoyer Ayo à ce tronc où de larges épines ont transpercé son corps il y a 200 ans. J'ose à peine verbaliser dans mon esprit cette pensée, car elle serait capable de la percevoir. J'entends aussi dans les éthers la colère dont Léonide est le nom. Je suis tentée face à sa bière, de répondre moi aussi à l'appel de la reine des malédictions. Je sens que dans la vengeance pourrait mourir ma colère. Et quelques ravages de plus qu'elle fasse en ce monde, Léonide ne pourra pas me retirer davantage que ce que Kim m'a pris.

« Si », me répond Ayo. Elle entend donc mes pensées, la sorcière. « Léonide peut te prendre plus. Elle peut prendre le sens. Elle peut prendre le futur, parce que le futur est un monde qui n'intéresse pas la colère. »

Je ne suis pas en état de comprendre. Je suis en colère. Mais je ne peux plus contredire l'ancêtre. J'ouvre la jarre d'eau de mer ramenée de Macabou, je la répands autour du caveau, et je laisse Ayo faire taire Léonide dans les eaux de Yémaya.

Près de la case, sous le fromager à Régale, Léonide ressent l'appel de la corde. Déjà muette, elle pose un dernier regard sur le corps en fuite de son héroïque descendant et regagne la branche d'où elle vient, à reculons, déboitant en cadence ses os saillants. Elle n'a pas le temps de lui dire quoi faire avec le sexe de son père. Elle n'a pas le temps d'aider Kim à venger sa propre enfance. Elle n'a pas le temps de donner un nom à sa mission. Et là, Léonide s'étouffe dans ses silences.

Les grenouilles ne comprennent rien à cette danse en retraite. Mais elles ne l'empêchent pas. Leurs sœurs colportent déjà le récit des libations étranges faites par une fille du coin au cimetière pour renvoyer dans la terre un esprit malin.

Dans l'appartement de Kim, à Foyal, les gendarmes ont trouvé des carnets entiers de notes expliquant comment et pourquoi Kim allait tuer son neveu, son beau-frère et son père. Ils croient que le père de Kim est peut-être toujours en vie. Mais ils arrivent trop tard. Un tremblement de terre n'aurait pas su faire plus de dégâts dans cette maison du bas de Régale. Une odeur putride s'échappe du salon où les mouches butinent déjà le sang du quinquagénaire émasculé. L'équipe ne perd pas de temps en fascination morbide. Il faut repartir. « Où es-tu, crétin ? » siffle la commissaire Jean-Séverine en se tournant vers le morne.

POUR SAVOIR

Je suis en route.

Kim arrive devant la maison. La sueur a étalé le sang coulé sur son torse. Il reprend son souffle. Il n'a croisé personne dans les rues. Il est sûr que Léonide le protège. En vérité le voisinage se terre, affolé, certain que quelque chose de grave va bientôt se passer.

Kim tient dans sa main le bocal. Il est prêt. Il entre dans le jardin, cherche la cabane où Maman me convoquait souvent et il appelle : « Léonide ! Ouvre-moi la voie, montre-moi ! Je veux savoir ! Je suis digne, maintenant, d'entrer avec vous dans notre Panthéon ! » Mais il n'y a rien dans cette cabane. Et Léonide ne répond pas. Elle ne répond plus. Kim tente de calmer son cœur, ferme les yeux, ouvre les bras, s'étale sur le sol, tente, de toute la force de son esprit en dérive, d'entrer en contact avec ce monde qui existe mais qu'il ne voit pas. Les arbres, autour de lui, semblent s'écraser sur son corps et ses certitudes. « Léonide ! Me voilà ! Je suis grand, je suis grand, je suis un héros à la hauteur d'Ayo ! Léonide ! Apprends-moi ses secrets je suis digne, moi, d'être son fils ! »

Léonide est morte, mais Kim ne le sait pas. Ayo l'a jetée sur un pont dont personne ne sait où il envoie. Ayo a annulé les sortilèges qui l'en protégeaient jusque-là. Ayo a tué sa descendante pour sauver l'histoire, pour tenter encore de voir lever un monde heureux pour ses enfants.

« Léonide ! » hurle Kim à en éveiller le voisinage. Sa marraine l'entend, cloîtrée dans sa maison quelques dizaines de mètres plus haut. C'est elle qui prend tremblante le combiné dans son salon et appelle la police d'une voix étranglée.

« Léonide... » Kim se relève et court dans le jardin. Un bout de savoir n'est pas suffisant pour prendre une décision. Un bout de savoir n'est que l'appendice de la vraie sagesse. Alors l'angoisse, qui rampait à ses pieds, le dévore maintenant à travers les cors de sa semelle en sang. « Qu'est-ce que je dois faire ? »

Kim plaque ses mains sur la façade boisée de la cabane, dans le jardin. Et il ne sait pas quoi en faire. Il ne sait pas quoi y faire. Alors le sexe de son père, qui le regarde, n'est plus qu'un objet hideux et morbide, qui le dégoûte, l'embarrasse.

Maman attendait toujours que Kim soit endormi dans sa chambre pour m'emmener dans cette cabane. Elle me disait : « Je vais te montrer quelque chose. » Et avide de savoir, je me levais du canapé et enfilais docile des chaussures pour traverser le jardin et y cueillir des plantes médicinales, sous la lune claire, chantant de vieilles comptines dont la grand-mère, lorsqu'elle passait, me racontait l'histoire.

Dans la cabane, des flacons d'alcool gardaient l'essentiel des herbes de trois générations de kimbwaseuses. Nous les préférions ainsi, plutôt qu'en tisane. Avec Maman, les nuits composaient des élixirs dont les vapeurs nous menaient aux portes d'un autre monde. C'est là, dans cette cabane, qu'on rencontrait les ancêtres. J'apprenais d'elles comment elles ont repoussé les portes du vivant pour contrarier la mort, et appelé la mort parfois pour contrarier les vivants. Il fallait que j'apprenne, vite, et que je commence, tôt, à produire des abortifs, des remèdes, des sortilèges, et que je prenne dans mon sang l'énergie folle accumulée par des siècles de guerre pour les prochaines batailles.

— Ce pouvoir, tu dois le garder. Tu dois l'entraîner. Un jour tu sauras que c'est ton tour et tu joueras aussi ton rôle dans l'histoire.

— Peut-être qu'on ne gagnera jamais, avais-je remarqué. Peut-être qu'on souffrira encore. Alors il faudrait toujours se battre ?

— C'est ainsi qu'on est vivantes, répondait ma mère.

Maman ne m'a jamais rien caché. Mais elle est morte trop tôt pour que j'aie la force de lui dire ce que moi je lui cachais. Je ne voulais pas tuer Maman. Je ne voulais pas lui dire : « Maman, tes incantations n'ont servi à rien pour moi. » Je ne voulais pas entendre Maman dire : « Nous sommes maudites en vérité », je ne voulais pas entendre que c'était la faute de Maman. C'était de sa faute, à lui. C'était de la faute de Laurent. Elle n'y était pour rien, Maman, si son amant était un violeur. Mais elle mourrait de ne pas avoir pu me protéger. Alors je n'ai rien dit à Maman. Et même à l'hôpital, alors que je tamponnais la peau coulée de Maman d'huiles tueuses de tumeurs et que je lui faisais inhaler des herbes de cochon gras pour vaincre la douleur, sur le seuil de l'entre deux mondes, je n'étais toujours pas prête à dire à Maman que notre père m'avait violée enfant, pendant des années.

« Tu m'as abandonné ce secret », répond Ayo à mes songes. « Ta mère morte t'a écoutée ici pleurant sur sa dépouille. Elle t'a écoutée raconter en sanglots ce que Laurent t'a fait, mais il était trop tard. Elle a compris, elle, que ce silence tuerait ses enfants. Alors elle a hurlé. Alors Léonide a su. Alors Léonide a traversé. Et elle a parlé à ton frère. »

Savoir n'a pas fait de moi une meurtrière. Savoir ne m'a pas donné de désir de vengeance. Savoir ne m'a pas armée. Je n'ai pas déversé mes poisons dans les eaux publiques pour assassiner tous ceux qui ont hérité de la situation. Je n'ai pas maudit tout un peuple et pourtant j'en avais le pouvoir. Savoir n'a pas fait de moi un monstre. Le savoir m'a libérée. Dans la glace me regardant, je voyais le visage héroïque de mes mères, et de ces hommes près d'elles qui ont partagé leur gloire et leurs amours. Dans la glace me regardant je voyais les victoires plus que les défaites, car quel pays célèbre ses défaites? En me regardant dans la glace, moi j'étais mon propre pays, fière. Et j'ai grandi ainsi en reine de mon propre royaume, de mon propre corps, reconquis chaque jour contre l'oppression, contre la certitude acquise qu'on pouvait posséder quelqu'un. En me regardant dans la glace chaque jour, en grandissant, je regardais mes ancêtres et mes vivantes et reconnaissante je disais: «Je suis la racine de ma racine. Je suis le pilier de ma seule maison. Je suis ma propre héroïne. Je suis la femme de ma vie.»

Et Kim, lui, ne sait rien. Kim ne sait pas que chaque fois qu'une quimboiseuse avait tué un enfant en esclavage c'était un acte d'amour autant que de résistance. Kim ne sait pas qu'Ayo avait aussi dans son jardin une cour où elle gardait les enfants de la rue cases-Nègres et leur apprenait à danser. Kim ne sait pas que les enfants pour la plupart naissaient, vivaient, et que le peu d'amour que ce monde-là autorisait leur était versé tout entier. Kim ne sait pas que l'histoire a moins transmis la violence que l'amour. Kim ne sait pas que partout où a souffert la chair, une caresse est venue la rassurer. Kim ne comprend pas que toutes les guerres menées par nos mères contre les oppresseurs, c'était pour offrir à leurs enfants, à lui, à moi, une terre où vivre enfin libres. Kim ne sait pas combien, avant lui, avant ses plans macabres, avant ses cris, ses mères ont déjà gagné en survivant. Il ne sait pas que Sidonie sa grand-mère jouait dans ce jardin avec notre arrière-grand-père Simon quand elle était enfant. Il l'emmenait, chaque jour, cueillir des mangues Julie. Des bassignac. Des maracujas. Puis des oranges. Et des chadèques. Et flatter le citronnier, quand il portait des fruits ou des feuilles odorantes. Les yeux de Simon se posaient avec tendresse sur cette enfant, et tout l'orgueil de Sidonie c'était la fierté de son père, ému du moindre de ses exploits, rafraîchi par les plus grandes de ses bêtises de gosse, épaté par la force avec laquelle déjà elle fouillait les patates douces et plantait avec lui l'igname et les dachines. Cet homme-là n'était pas le géniteur de Sidonie, mais qui s'en soucie ? C'était son père, l'homme qui aimait Léonide malgré sa maladie mentale et qui accompagnait cette enfant, Sidonie, fidèlement, pour toute l'existence. Un vrai papa, de ceux qui vous prennent dans leurs bras quand le visage se mouille, de ceux qui ouvrent des possibles quand le monde entier dit non, de ceux qui écoutent, et dont les mots rares et justes donnent un chemin à suivre aux enfants. Il n'était pas parfait, Simon. Qui ne l'a jamais été ? Mais il était là. Même après que Léonide s'est pendue. Et cet homme-là savait aimer. Les Souffles racontaient souvent à Édith comment Sidonie couvrait la joue de son papa de baisers en rentrant de l'école. À moi ils me racontent aussi comment les femmes, entre elles, avaient toujours bâti de l'amour, pour s'y construire des citadelles, et c'est ça que je lisais dans les yeux de Marraine quand elle parlait à Maman. Mais Kim, lui, n'en sait rien. Kim ne sait des Souffles que ce qu'il veut bien entendre. Les jours heureux, les papillons, les longues journées à cuisiner et jardiner ensemble ne restent pas gravés dans les chroniques des héros. Alors Kim connaît l'histoire des héros, mais en vérité, Kim ne connaît pas l'Histoire.

Kim abîme son ignorance contre les murs de la maison de Maman. Kim ouvre ses portes en arrachant les persiennes déchirées par le dernier cyclone. Kim revient dans le salon, dans les salles de bain, renverse ce qu'il reste de meubles et d'armoires à la recherche d'un passage, d'un secret, de ce secret codé par ses cheveux qu'on lui a toujours chanté mais jamais révélé. Il voudrait demander à Léonide de lui révéler le secret. Elle ne répond pas, alors il le chante, il hurle son serment pour la ramener: «Car c'est dans les racines de tes cheveux noirs qu'est gardée la puissance... Car les tourbillons de tes boucles sombres codent notre secret... Car dans la tempête de tes mèches montantes se brisera le sceau du silence.» Mais ce n'est qu'une comptine, dans la bouche de Kim qui ne sait rien.

Kim arrive dans la chambre que j'occupais enfant. Il y voit le lit ses barreaux ses pieds abîmés son matelas fatigué. Kim tangue. Kim oublie. Kim ne veut plus rien savoir, Kim veut tuer encore. Il n'a plus personne à tuer sinon lui-même, lui pour n'avoir rien dit, rien fait, lui pour avoir laissé exister son père encore 20 ans par son silence. Lui pour être lâche, pour être vil, pour être, par peur, par silence, complice d'un violeur. Il se voit dans la glace. Il est plus facile de tuer que de se tuer, pas vrai ?

Léonide n'est pas là. Personne ne répond. Kim ne supporte plus ce corps, qui le démange. Kim ne supporte plus le bruit de sa propre respiration, Kim ne supporte plus l'odeur de cette chambre, Kim ne supporte plus la minute passée ni même celle qui vient, car même mort le mort est encore là, même son petit-fils mort, le mort est encore là, même son corps mutilé et mort, le mort est encore là ! Son odeur humide est encore là sur ce matelas fleuri !

Alors Kim court en hurlant à la cuisine, exhume de sous l'évier une bouteille d'alcool, trouve une allumette et frappe la bouteille contre le mur de ma chambre. Il craque le soufre, souffle, et allume le feu pour brûler ce qu'il reste de l'histoire.

— Arrête !

Je saisis le bras de Kim qui entend jeter encore dans la maison de l'essence trouvée au garage. J'ai appelé les pompiers. Ils sont déjà en route. Une voisine les a prévenus. Les policiers aussi seront bientôt là. J'ai 15 minutes. Ce n'est pas assez.

— C'est fini Édith, dit Kim en riant dans ses larmes, c'est fini, j'ai tué Laurent, ma sœur tu ne crains plus rien, je t'ai vengée, j'ai vengé nos mères !

— Tu as tué mon fils !

— Oui, Édith, oui tu avais besoin de moi ! Tu sais qu'il fallait le faire, mais tu n'en avais pas la force, il aurait été comme son père, il était déjà comme son père !

— Tu ne sais rien ! Je n'ai pas besoin de toi pour vivre ! Je n'ai pas demandé qu'on me sauve, je n'ai pas demandé qu'on tue mon fils !

— C'est ce qu'elles auraient voulu !

— Qui ?

— Nos ancêtres ! Et tu le sais ! Tu le sais mieux que moi ! Toi tu les vois, toi tu leur parles, toi tu es l'héritière, tu sais que c'est notre devoir de tuer les assassins et tu n'as rien fait ! Tu es comme cet homme, là, tu ne fais rien, tu laisses se lever chaque jour un monde affreux et tu te contentes de lire des bouquins, de pleurer à des marches blanches, de vendre des babioles et des élixirs d'amour à des imbéciles en mal de sensations fortes en te faisant passer pour un mage africain ! Tu t'enfermes dans le mensonge Édith et je me suis sacrifié pour que tu sois libre !

La claque que j'assène à mon frère le renverse sur le sol. Et je n'ai pas frappé assez fort.

— Toi, tu me voles ma vie, autant que Laurent a volé mon enfance ! Et ici tu voles la vie de nos mères pour creuser une vengeance imbécile ! Aide-moi à éteindre le feu !

— Pourquoi ? Cette maison, tu la détestes ! C'est ton cauchemar !

— Et pourquoi penses-tu que je me débats tant pour la garder, imbécile ? C'est Ma vie, Kim ! C'est Ma maison ! C'est Mon héritage ! C'est là qu'est scellé notre secret, c'est là que sont nées nos mères, c'est là que réside leur âme, c'est là que se trouve la porte de l'entre deux mondes où elles survivent par notre sang ! C'est là qu'est notre histoire, Kim ! On ne brûle pas l'histoire, on n'efface pas l'histoire ! Ce bois-là. Ne brûle. Pas !

Et le feu s'éteint.

Je le prends en moi et le verse dans le cœur du volcan d'Hairun, là où Ayo a versé ma colère. Et moi je reste. Je ne m'enfuis plus, je reste.

À Macabou, mon sanctuaire se répand en cendres sous les cris des louanges et des flambeaux vengeurs du Christ. Il ne reste rien. Le vévé d'Ayo que j'y traçais s'est effacé en poussière. Alors, devant moi le corps de Kim s'embrume et devient transparent. Mes mains, elles aussi, s'effacent du présent. Je n'entends plus Ayo, mais je l'aperçois encore sur le rivage du monde. Nous mourons. Mon cœur bat vite, à tout péter. Je cours dans la chambre de ma mère, laissant mon frère se dissoudre dans l'ignorance. Je cours, je traverse les braises avec entre les mains une bouteille pleine de mon sang mêlé de craie.

Là, devant notre vévé, devant la porte de l'entre deux mondes dessinée par Léonide, cette porte où déjà les Souffles s'effacent du mur, je jette mon sang sur la toile pour les réveiller.Au loin sur l'océan, une fumée noire quitte Macabou et s'élève vers le ciel.

Je suis seule à présent dans les cendres de mon histoire. Dehors, près du citronnier, les gendarmes passent à Kim des menottes et lui disent ses droits. Je ne regarde pas partir mon frère. Je cherche dans les rayons d'or qui traversent les orangers la beauté, ce souffle d'existence qui me tient levée. Mes pas traversent ce jardin de lumière où se mêlent les mondes, les temps et les souvenirs, jusqu'au pied du citronnier greffé, là où Kim a laissé sans savoir quoi en faire le bocal contenant le sexe de son père.

TABLE

DANS LA COLLECTION ROMAN

Gouverneurs de la rosée, Jacques Roumain
Trilogie tropicale, Raphaël Confiant
Brisants, Max Jeanne
Une aiguille nue, Nuruddin Farah
Mémoire errante (coédition avec Remue-Ménage), J. J. Dominique
Dessalines, Guy Poitry
L'allée des soupirs, Raphaël Confiant
Je ne suis pas Jack Kérouac (coédition avec Fédérop), Jean-Paul Loubes
Saison de porcs, Gary Victor
Traversée de l'Amérique dans les yeux d'un papillon, Laure Morali
Les immortelles, Makenzy Orcel
Le reste du temps, Emmelie Prophète
L'amour au temps des mimosas, Nadia Ghalem
La dot de Sara (coédition avec Remue-Ménage), Marie-Célie Agnant
L'ombre de l'olivier, Yara El-Ghadban
Kuessipan, Naomi Fontaine
Les latrines, Makenzy Orcel
Vers l'Ouest, Mahigan Lepage
Soro, Gary Victor
Les tiens, Claude-Andrée L'Espérance
L'invention de la tribu, Catherine-Lune Grayson
Détour par First Avenue, Myrtelle Devilmé
Éloge des ténèbres, Verly Dabel
Impasse Dignité, Emmelie Prophète

La prison des jours, Michel Soukar
Coulées, Mahigan Lepage
Maudite éducation, Gary Victor
Je ne savais pas que la vie serait si longue après la mort, collectif dirigé par Gary Victor
L'amant du lac, Virginia Pésémapéo Bordeleau
La nuit de l'Imoko, Boubacar Boris Diop
Les chants incomplets, Miguel Duplan
La dernière nuit de Cincinnatus Leconte, Michel Soukar
Cures et châtiments, Gary Victor
Des vies cassées, H. Nigel Thomas (traduit par Alexie Doucet)
Le testament des solitudes, Emmelie Prophète
Première nuit: une anthologie du désir, collectif dirigé par Léonora Miano
La maison des épices, Nafissatou Dia Diouf
L'enfant hiver, Virginia Pésémapéo Bordeleau
Quartz, Joanne Rochette
Fuites mineures, Mahigan Lepage
Les brasseurs de la ville, Evains Wêche
Le vieux canapé bleu, Seymour Mayne
Volcaniques: une anthologie du plaisir, collectif dirigé par Léonora Miano
Le bout du monde est une fenêtre, Emmelie Prophète
Manhattan Blues, Jean-Claude Charles
Le parfum de Nour, Yara El-Ghadban
Le jour de l'émancipation, Wayne Grady (traduit par Caroline Lavoie)
Le petit caillou de la mémoire, Monique Durand
Bamboola Bamboche, Jean-Claude Charles
Nuit albinos, Gary Victor
Le bar des Amériques, Alfred Alexandre
De glace et d'ombre, H. Nigel Thomas (traduit par Christophe Bernard et Yara El-Ghadban)
Le testament de nos corps, Catherine-Lune Grayson

La femme tombée du ciel, Thomas King
(traduit par Caroline Lavoie)

Sans capote ni kalachnikov, Blaise Ndala

Adel, l'apprenti migrateur, Salah El Khalfa Beddiari

Phototaxie, Olivia Tapiero

Écorchées vivantes, collectif dirigé par Martine Fidèle

Manikanetish, Naomi Fontaine

Sainte dérive des cochons, Jean-Claude Charles

160 rue Saint-Viateur Ouest, Magali Sauves

Masi, Gary Victor

Je suis Ariel Sharon, Yara El-Ghadban

Cartographie de l'amour décolonial, Leanne Betasamosake Simpson
(traduit par Arianne Des Rochers et Natasha Kanapé Fontaine)

Le rossignol t'empêche de dormir, Steven Heighton
(traduit par Caroline Lavoie)

Le chant de Corbeau, Lee Maracle
(traduit par Joanie Demers)

Les enfants du printemps, Wallace Thurman
(traduit par Daniel Grenier)

Ben Aïcha, Kebir Ammi

La balançoire de jasmin, Ahmad Danny Ramadan
(traduit par Caroline Lavoie)

Jonny Appleseed, Joshua Whitehead
(traduit par Arianne Des Rochers)

Débutants, Catherine Blondeau

Mère à Mère, Sindiwe Magona
(traduit par Sarah Davies Cordova)

On se perd toujours par accident, Leanne Betasamosake Simpson
(traduit par Arianne Des Rochers et Natasha Kanapé Fontaine)

Boat-People, Sharon Bala
(traduit par Véronique Lessard et Marc Charron)

Ayiti, Roxane Gay
(traduit par Stanley Péan)

Balai de sorcière, Lawrence Scott,
(traduit par Christine Pagnoulle)

Laisse folie courir, Gerda Cadostin

Les villages de Dieu, Emmelie Prophète
Dans le ventre du Congo, Blaise Ndala
Annie Muktuk et autres histoires, Norma Dunning
(traduit par Daniel Grenier)
Tisser, Raharimanana
Le K ne se prononce pas, Souvankham Thammavongsa
(traduit par Véronique Lessard)
Le chant de Celia, Lee Maracle
(traduit par Joanie Demers)
Noopiming. Remède pour guérir de la blancheur,
Leanne Betasamosake Simpson
(traduit par Arianne Des Rochers)
Ferdinand je suis à Paris, Jean-Claude Charles
Maisons vides, Brenda Navarro
(traduit par Sarah Laberge-Mustad)
Le testament des solitudes, Emmelie Prophète
Difficult Women, Roxane Gay
(traduit par Olivia Tapiero)
Tomber, Carlos Manuel Álvarez
(traduit par Éric Reyes Roher)
Seuil de tolérance, Thomas King
(traduit par Daniel Grenier)
Neige des lunes brisées, Waubgeshig Rice
(traduit par Yara El-Ghadban)
Jamais l'oubli, Wayne Grady
(traduit par Catherine Ego)
Hors-Sol, Philippe Yong
L'or des mélèzes, Carole Labarre

Édition — Rodney Saint-Éloi, Yara El-Ghadban

Correction — Monique Moisan, Daniel Bardury

Direction artistique et design graphique — Julie Espinasse
Atelier Mille Mille

Mise en page — Karine Cossette

Œuvre en couverture — © Nadine Faraj

Ages Ago Every Cell In Your Soul Capsized Forever
Into This Infinite Golden Sea (détail), 2019

Mémoire d'encrier reconnaît l'aide financière du Gouvernement
du Canada par l'entremise du Conseil des Arts du Canada,
du Fonds du livre du Canada et du Gouvernement du Québec
par le Programme de crédit d'impôt pour l'édition de livres, Gestion Sodec.

Mémoire d'encrier est diffusée et distribuée par:
Harmonia Mundi livre — Europe
Gallimard Diffusion — Canada

Dépôt légal: 1er trimestre 2023

Catalogage avant publication de Bibliothèque et Archives nationales
du Québec et Bibliothèque et Archives Canada
ISBN (PAPIER): 978-2-89712-868-5
ISBN (EPUB): 978-2-89712-869-2
ISBN (PDF): 978-2-89712-870-8
CIP: LCC PQ3989.3.C46 M66 2023 | CDD 843/.92—dc23

IMPRIM'VERT®

L'ouvrage *Mon cœur bat vite* de Nadia Chonville
est composé en Stanley regular, d'Optimo.
Il est imprimé en France sur du papier issu de
forêts durablement gérées et de sources
contrôlées en février 2023 par CPI Firmin-Didot (174184)
pour le compte des Éditions Mémoire d'encrier Inc.